U0088373

菜英文

English Easy Learning

基礎實用篇

國家圖書館出版品預行編目資料

菜英文・基礎實用篇 / 張瑜凌編著

-- 二版. -- 新北市：雅典文化, 民106.10

面 ； 公分. --（全民學英文 ；43）

ISBN 978-986-5753-89-4（平裝附光碟片）

1. 英語 2. 會話

805.188　　　　　　　　　　　106013740

全民學英文系列 43

菜英文・基礎實用篇

編著／張瑜凌
責任編輯／張瑜凌
美術編輯／王國卿
封面設計／姚恩涵

法律顧問：方圓法律事務所／涂成樞律師

總經銷：永續圖書有限公司
永續圖書線上購物網
www.foreverbooks.com.tw

CVS代理／美璟文化有限公司
TEL：（02）2723-9968
FAX：（02）2723-9668

出版日／2017年10月

雅典文化

出版社

22103　新北市汐止區大同路三段194號9樓之1
TEL　（02）8647-3663
FAX　（02）8647-3660

序言 開口說英文真簡單！

　　這是一個已經進入全球化的社會模式了，如今使用英文的比例偏高，不只是有出國需求的人才有機會使用英文，「開口說英文能力」已經成為全民運動了，連政府都要求公務人員必須具備基本的英文口語能力了，如今，不論是在餐廳、捷運站、商場，都可以看見英文標示，就可以知道具備英文的重要性了。

　　但是，如果您已經錯過了英文音標的學習機會，又該如何學習英文呢？

　　有一個方法可以讓你輕鬆解決英文發音的問題，那麼開口說英文就不再是難事了！

　　只要您看得懂中文，就可以輕易說英文，「菜英文基礎實用篇」提供中文式發音輔助，讓您一個字一個字對應，先克服英文發音的困擾，讓「英文發音」變得簡單又好玩。

　　本書羅列出生活當中最常使用、也是最道地的英文句子，分門別類提供給您參考，讓您

隨時可以應用在生活當中，不論是一般生活用語、與人際關係之間的互動、交通、用餐等生活情境，您都可以隨時翻閱隨時參考，讓英文成為您生活的一部份。

　　先克服您開口說英文的障礙後，就可以再依照不同的需求，學習更深入、應用更廣泛的口語英文！

學習手冊

您有英文發音的困擾嗎？

您擔心自己看不懂英文艱深的單字嗎？

您實在看不懂英文的音標嗎？

「菜英文基礎實用篇」提供中文式發音輔助，讓您一個字一個字對應，先克服英文發音的困擾！

適用族群：從未說過英文者

「菜英文基礎實用篇」特別針對沒有英文基礎的讀者所編撰，提供一對一的發音輔助，讓您先跨出說英文的第一步！

※中文式發音輔助

➡ 請代我向大衛問好。

Please say hello to David for me.
普利斯　塞　哈囉　兔　大衛　佛　密

您可以先看到中文的意思，對照著英文全文，而每一個英文單字下方都有一段發音的中文輔助，照著中文念，就可以輕鬆掌握英文發音！

※你也可以這麼說

● 你也可以這麼說 ●

····· ★ 再見！

Bye-bye.

拜拜

····· ★ 再見！

See you.

吸　優

　　在學習口語發音時，也提供您同時學習相同意思、不同說法的句子，您可以針對自己的喜好來決定要背誦哪一段！

Chapter 4 家庭生活

Chapter 5 交通

Chapter 6 休閒生活

Chapter 7 建立關係

Chapter 8 電話用語

Chapter **9** 人際互動

Chapter 10 情緒抒發

①

寒暄

Unit 1 打招呼

➡ 早安。

Good morning.
估摸寧

- -

➡ 早安，湯姆。

Good morning, Tom.
估　摸寧　湯姆

- -

➡ 早安，李先生。

Good morning, Mr. Lee.
估　摸寧　密斯特 李

- -

➡ 午安。

Good afternoon.
估　世副特潤

- -

➡ 晚安。（天黑後見面時使用）

Good evening.
估　依附寧

- -

➡ 晚安。（睡覺前道別時使用）

Good night.
估　耐特

- -

➡ 祝你有一個好夢！(父母在孩子上床睡覺前所說)

Sweet dreams!
司威特 住密斯

➡ 哈囉。
　Hello!
　哈囉

➡ 嗨！
　Hi!
　嗨

➡ 哈囉，史密斯先生。
　Hello, Mr. Smith.
　哈囉　密斯特 史密斯

➡ 哈囉，大家好。
　Hello, you guys.
　哈囉　　優　蓋斯

●你也可以這麼說●

　★哈囉！各位。
　　Hello, everyone.
　　哈囉　　愛複瑞萬

➡ 哈囉，各位女士、各位先生。
　Hello, ladies and gentlemen.
　哈囉　類蒂斯　安　尖頭慢

Unit 2 問候

➡ 你好嗎？

How are you?
好 阿 優

●你也可以這麼說●

★你好嗎？

How are you doing?
好 阿 優 督引

★你近來好嗎？

How have you been?
好 黑夫 優 兵

★近來好嗎？

How has it been going?
好 黑資一特 兵 勾引

★一切都好嗎？

How is everything?
好 一ㄘ 愛複瑞性

➡ 你今天好嗎？

How are you today?
好 阿 優 特得

➡ 你今天過得如何？

How was your day?

好 瓦雌 幼兒 得

➡ 你這個星期過得如何？

How was your week?

好 瓦雌 幼兒 屋一克

➡ 李先生，你好嗎？

How are you, Mr. Lee?

好 阿 優 密斯特 李

➡ 你的太太好嗎？

How is your wife?

好 一ㄘ 幼兒 我愛夫

➡ 你的家人好嗎？

How is your family?

好 一ㄘ 幼兒 非摸寧

➡ 你的工作進展得如何？

How is your work?

好 一ㄘ 幼兒 臥克

➡ 今天在學校過得如何？

How is school?

好 一ㄘ 斯庫兒

➡ 請代我向大衛問好。

Please say hello to David for me.

普利斯 塞 哈囉 兔 大衛 佛 密

Unit ③ 對問候的回應

➠ 我很好。

I am great.
愛 M 鬼雷特

➠ 我很好，謝謝你。你呢？

I am fine, thank you. How about you?
愛 M 凡　　山揪兒　　好　世保特　優

● 你也可以這麼說 ●

★ 很好，謝謝。你呢？

Fine, thank you. And you?
凡　　山揪兒　　安揪兒

➠ 我也很好。

I am fine too.
愛 M 凡　兔

➠ 很順利。

It's going pretty well.
依次 勾引 撲一替 威爾

➠ 沒有那麼好。

Not so good.
那　蒐　估的

➠ 馬馬虎虎。

So so.

蒄 蒄

➠ 很糟糕。

It's terrible.

依次 太蘿蔔

➠ 還是一樣。

Still the same.

斯提歐 勒 桑姆

➠ 老樣子。

Same as always.

桑姆 ㄟ斯 歐維斯

➠ 和平常一樣。

Same as usual.

桑姆 ㄟ斯 右左

➠ 每一個人都很好。謝謝你！

Everyone is fine, thank you.

愛複瑞萬 一ㄣ 凡　　山揪兒

➠ 很高興再看見你。

I am pleased to see you again.

愛 M 普利斯特 兔 吸 優 ㄟ乾

➠ 我很高興見到你。

I am so happy to see you.

愛 M 蒄 黑皮 兔 吸 優

Unit ④ 初次見面

⟹ 我們以前是不是曾見過面？

Have we ever met before?

黑夫 屋依 A 模特 妹特 必佛

⟹ 你看起來很面熟。

You look familiar.

優 路克 佛咪李兒

⟹ 我們應該沒有見過面。

I don't believe we have met.

愛動特 逼力福 屋依 黑夫 妹特

⟹ 我是莎莉。

I am Sally.

愛 M 莎莉

⟹ 我的名字是湯姆。

My name is Tom.

買 捏嗯一ち 湯姆

⟹ 我是 CNN 雜誌的杰生。

I am Jason of CNN Magazine.

愛 M 杰生歐夫 CNN 妹哥潯

⟹ 我是佩姬，這是我丈夫杰生。

I am Peggy, and this is my husband Jason.

愛 M 佩姬 安 利斯一ち買 哈色奔 杰生

➡ 請問您的大名？

What is your name, please?

華特 一ㄘ 幼兒 捏嗯 普利斯

●你也可以這麼說●

★能告訴我你的名字嗎？

May I have your name, please?

美 哎 黑夫 幼兒 捏嗯 普利斯

➡ 你以什麼維生？／你從事什麼工作？

What do you do for a living?

華特 賭 優 度 佛 さ 力冰?

●你也可以這麼說●

★你從事什麼工作？

What do you do?

華特 賭 優 度

➡ 我是一位老師。

I am a teacher.

愛 M A 踢球兒

➡ 很高興遇見你。（用於初次見認識時）

It's nice to meet you.

依次 耐斯 兔 密揪

Unit 5 好久不見

➠ 好長一段時間了！

It's been a long time.
依次 兵 亡 龍 太ㄇ

● 你也可以這麼說 ●

★ 好久了。

It's been so long.
依次 兵 蒐 龍

➠ 你一點都沒變。

You haven't changed at all.
優 黑悶 勸居的 ㄟ 歐

➠ 這陣子你都在忙什麼？

What have you been doing?
華特 黑夫 優 兵 督引

➠ 這陣子你好嗎？

How have you been doing?
好 黑夫 優 兵 督引

➠ 你到哪兒去了？

Where have you been?
灰耳 黑夫 優 兵

● 你也可以這麼說 ●

···· ★ 你最近在哪裡鬼混？

Where have you been fooling around?
灰耳 黑夫 優 兵 福耳引 婀壯

➡ 好久不見了！

I have not seen you for a long time.
愛 黑夫 那 西恩 優 佛 A 龍 太ㄇ

● 你也可以這麼說 ●

···· ★ 好久不見。

Long time no see.
龍 太ㄇ 弄 吸

Unit 6 介紹

➠ 讓我自我介紹。

Let me introduce myself.

勒 密 因雀兒丟斯 買塞兒夫

➠ 我家有四個人。

We are a family of four.

屋依 阿 A 非摸寧 歐夫 佛

➠ 我是家裡年紀最小的。

I am the youngest in my family.

愛 M 勒 羊葛斯特 引 買 非摸寧

➠ 我是家裡唯一的小孩。

I am the only child in my family.

愛 M 勒 翁裡 踹耳得 引 買 非摸寧

➠ 你見過我的先生嗎？

Have you ever met my husband?

黑夫 優 A模 妹特 買 哈色奔

➠ 讓我介紹我的父母給你認識。

Let me introduce my parents to you.

勒 密 因雀兒丟斯 買 配潤斯 兔 優

➠ 我希望你見見我的家人。

I would like you to meet my family.

愛 屋 賴克 優 兔 密 買 非摸寧

➠ 我有兩個女兒。

I have two daughters.
愛黑夫 凸 都得兒斯

➠ 我有兩個女兒和一個兒子。

I have two daughters and a son.
愛黑夫 凸 都得兒斯 安 A 桑

➠ 我有四個兄弟。

I have four brothers.
愛黑夫 佛 不阿得兒斯

➠ 我不認識他/她。

I don't know him/her.
愛 動特 弄 橫 喝

➠ 她是我的太太莎莉。

She is my wife Sally.
需 一ち 買 我愛夫 莎莉

➠ 他們是我的父母。

They are my parents.
勒 阿 買 配潤斯

➠ 我是莎莉的姐姐。

I am Sally's sister.
愛 M 莎莉斯 西斯特

➠ 這是懷特先生。

This is Mr. White.
利斯一ち 密斯特 懷特

Unit 7 寒喧

➠ 有什麼事？／怎麼啦？

What's up?
華資　阿鋪

➠ 凡事都順利吧？

How did it go?
好　低　一特購

➠ 約翰，凡事都順利吧？

How did it go, John?
好　低　一特購　強

➠ 大家都好嗎？

Are you guys OK?
阿　優　蓋斯　OK

➠ 近來有什麼消息嗎？

What's new?
華資　紐

➠ 近來好嗎？

Anything new?
安尼性　紐

➠ 趕什麼？

What's the hurry?
華資　勒　喝瑞

➡ 你要去哪裡？

Where are you going?
灰耳　阿　優　勾引

● 你也可以這麼說 ●

★ 你要去哪裡？（非常口語的用法）

Where are you off to?
灰耳　阿　優　歐夫兔

➡ 你在做什麼？

What are you doing?
華特　阿　優　督引

➡ 你在這裡做什麼？

What are you doing here?
華特　阿　優　督引　厂一爾

➡ 我要去一趟台北。（當天來回的意思）

I am taking a trip to Taipei.
愛 M　坦克因　A 初一波兔　台北

➡ 我要去上學。

I am going to school.
愛 M　勾引　兔　斯庫耳

➡ 我要去看醫生

I am going to see a doctor.
愛 M　勾引　兔　吸　A 搭特兒

Unit 8 閒聊

➠ 真令人驚訝啊！

What a surprise.
華特　A　色舖來斯

➠ 真巧！

What a coincidence.
華特　A　摳恩得斯

➠ 這裡發生什麼事？

What's going on here?
華資　勾引　忘ㄏ一餍

➠ 你看起來好極了。

You look great.
優　路克　鬼雷特

➠ 你知道嗎？

Guess what?
給斯　華特

➠ 我很高興聽見這件事。

I am glad to hear that.
愛 M 葛雷得 兔ㄏ一餍　類

➠ 我很遺憾聽見這件事。

I am sorry to hear that.
愛 M 蒐瑞 兔ㄏ一餍　類

0 3 5

➠ 我很為你高興。

I am glad for you.
愛 M 葛雷得佛 優

➠ 我為你感到驕傲。

I am proud of you.
愛 M 撲勞的 歐夫 優

➠ 很高興和你說話。

Nice talking to you.
耐斯 透ㄍ一因兔 優

➠ 希望能很快地再見到你。

I hope to see you soon.
愛厚ㄆ 兔 吸 優 訓

➠ 你變瘦了嗎？

Are you losing weight?
阿 優 漏斯引 為特

➠ 你變胖了嗎？

Are you ganing weight?
阿 優 給引 為特

➠ 今天是不是好熱？

Isn't it hot today?
愛我 一特 哈特 特得

➠ 今天好冷！

What a chilly day.
華特 ㄜ 七里 得

Unit 9 隨口搭腔

➡ 我說到哪？

Where was I?

灰耳 瓦雖哎

➡ 喔，我了解。

Oh! I see.

喔 愛 吸

➡ 現在我懂了。

Now I got you.

惱 愛 咖 優

➡ 真不敢相信！

I can't believe it.

愛肯特 逼力福 一特

➡ 不可能！

It's impossible.

依次 因趴色伯

➡ 我也希望如此。

I hope so.

愛厚夕 蒐

➡ 我是這麼認為。

I think so.

愛 施恩克 蒐

➠ 我就是這個意思。

It's exactly what I meant.

依次 一日特里 華特 愛 密特

➠ 我認為你錯了。

I think you are mistaken.

愛 施恩克優 阿 密斯坦克

➠ 我擔心我沒表達清楚。

I am afraid I haven't made myself clear.

愛 M 哎福瑞特愛 黑悶 妹得 買塞兒夫 克里兒

➠ 喔，不會吧！

Oh! No!

喔 弄

➠ 喔，我的天啊！

Oh, my gosh!

喔 買 尬鬚

Unit 10 感謝

➡ 謝謝！

Thank you.

山揪兒

➡ 多謝了。

Thanks a lot.

山克斯 A落的

➡ 謝謝你的幫忙。

Thank you for your help.

山揪兒 佛 幼兒 黑耳夂

●你也可以這麼說●

★ 謝謝你幫我。

Thank you for helping me.

山揪兒 佛 黑耳拼 密

➡ 非常感謝你。

Thank you very much.

山揪兒 肥瑞 馬區

➡ 謝謝你的來訪。

Thank you for coming.

山揪兒 佛 康密因

➡ 謝謝你邀請我。

Thank you for asking me.
山揪兒　佛　愛斯清　密

➡ 謝謝你鼓勵我。

Thank you for cheering me up.
山揪兒　佛　起兒因　密阿鋪

➡ 謝謝你來電。

Thank you for calling.
山揪兒　佛　摳林

➡ 謝謝你告訴我。

Thank you for telling me.
山揪兒　佛　太耳因　密

➡ 謝謝你為我做的一切。

Thank you for everything.
山揪兒　佛　愛褆瑞性

➡ 我真的很感謝。

I really appreciate it.
愛　瑞兒裡　A鋪西ㄟ特　一特

➡ 真不知道該如何感謝你。

I can't thank you enough.
愛　肯特　山揪兒　A那夫

➡ 謝謝你的好心。

Thanks for your kindness.
山克斯　佛　幼兒　砍特尼斯

Unit 11 道歉

➠ 對不起！

I am sorry.
愛M 蔻瑞

● 你也可以這麼說 ●

★ 抱歉。

Sorry.
蔻瑞

➠ 我真的很抱歉。

I am terribly sorry.
愛M 太蘿葡利 蔻瑞

● 你也可以這麼說 ●

★ 我實在很抱歉。

I am awfully sorry.
哎M 歐佛李 蔻瑞

➠ 對不起我遲到了。

I am sorry for being late.
愛M 蔻瑞 佛 逼印 淚

➠ 對不起讓你失望了。

I am sorry to let you down.

愛M 蒐瑞 兔 勒 優 黨

➠ 都是我的錯。

It's all my fault.

依次 歐 買 佛特

➠ 對不起，我不是那個意思。

I am sorry. I didn't mean that.

愛M 蒐瑞 愛 低等 密 類

➠ 對不起麻煩你了。

I am sorry to trouble you.

愛M 蒐瑞 兔 插伯 優

➠ 請接受我的道歉。

Please accept my apology.

普利斯 ㄟ賽ㄆ特 買 A 怕樂及

➠ 我們失陪一下。

Excuse us.

一克斯Q斯 二斯

➠ 請再說一遍？

Pardon?

怕等

➠ 失陪一下！／請問…？／借過！

Excuse me.

一克斯Q斯 密

Unit 12 保持連絡

➡ 保持聯絡。

Let's keep in touch.

辣資　機舖　引　踏區

➡ 別忘了要保持聯絡。

Don't forget to keep in touch.

動特　佛給特　兔　機舖　引　踏區

➡ 偶爾寫信(給我)。

Please write me sometime.

普利斯　瑞特　密　桑太ㄇ

➡ 別忘了寫信給我。

Don't forget to write.

動特　佛給特　兔　瑞特

➡ 偶爾給我個電話吧。

Give me a call sometime.

寄　密　A　摳　桑太ㄇ

● 你也可以這麼說 ●

★ 偶爾打個電話給我吧！

Call me sometime.

摳　密　桑太ㄇ

➡ 你知道我的電話號碼的,不是嗎?

You have my phone number, don't you?
優　黑夫買　封　拿波　動特　優

➡ 你知道如何聯絡我的。

You know how to contact me.
優　弄　好　兔　康太　密

➡ 你會打電話給我,對吧?

You'll call me, won't you?
優我　摳密　甕　優

➡ 有空聚一聚吧!

Let's get together sometime.
辣資　給特　特給樂　桑太ㄇ

道別

➡ 我討厭說再見。（意思是「真的要走了」）

I hate to say good-bye.
愛 黑特 兔 塞 估 拜

➡ 現在（說）再見囉！

Bye for now.
拜 佛 惱

➡ 再見囉！

See you again.
吸 優 愛乾

➡ 祝你好運！

Good luck.
估的 辣克

➡ 保重喔！

Take care.
坦克 卡耳

➡ 明天見。

See you tomorrow.
吸 優 特媽樓

➡ 下次見。

I will see you sometime.
愛我 吸 優 桑太門

➡ 再見！

Good-bye.
　故拜

●你也可以這麼說●

★再見！

Bye-bye.
　拜拜

★再見！

See you.
　吸　優

➡ 等會見！

See you later.
　吸　優　淚特

●你也可以這麼說●

★再見！

See you around.
　吸　優　婀壯

Unit 14 離開

➡ 我該說再見了。

I will say good-bye for now.
愛我 塞 估的拜 佛 惱

➡ 我要走了。

I am leaving.
愛 M 力冰

●你也可以這麼說●

★ 我必須走了。

I have to go.
哎黑夫 兔 購

★ 我該走了。

I will be leaving.
哎我 逼 力冰

➡ 我正好要離開。

I was about to leave.
愛 瓦雌 世保特兔 力夫

➡ 我閃人了。

I am out of here.
愛 M 凹特 歐夫厂一爾

➡ 我正在去的路上。

I am on my way.
愛 M 忘 買 位

➡ 我正在回家的路上。

I am on my way home.
愛 M 忘 買 位 厚

➡ 我的巴士來了。

Here comes my bus!
厂一爾 康斯 買 巴士

➡ 以後再聊吧！

I will talk to you later.
愛我 透克兔 優 淚特

➡ 我順道來説一聲再見。

I have come to say good-bye.
愛黑夫 康 兔塞 估拜

➡ 我們回家吧！

Let's go home.
辣資 購 厚

➡ 時候不早了。

It's getting late.
依次 給聽 淚

②

用餐

Unit 1 用餐

➠ 我餓了。

I am hungry.
愛 M 航鬼力

➠ 我很餓。

I am extremely hungry.
愛 M 一斯吹米粒 航鬼力

●你也可以這麼說●

★ 我餓死了。
I can eat a horse.
哎 肯 一特 A 猴斯

★ 我餓死了。
I am starving!
哎 M 斯達兵

➠ 看起來好好吃喔！

This looks delicious.
利斯 路克斯 低李秀斯

➠ 好吃嗎？

Does this taste good?
得斯 利斯 太斯特 估的

➠ 除了豬肉之外，其他什麼東西我都吃。

I eat anything except pork.
愛一特　安尼性　一日在波特　模克

➠ 晚餐時間到了。

It's dinnertime.
依次　丁呢太ㄇ

➠ 你午餐想吃什麼？

What would you like for lunch?
華特　屋揪兒　賴克　佛　藍區

➠ 你想和我們一起用餐嗎？

Would you like to have dinner with us?
屋揪兒　賴克兔　黑夫　丁呢　位斯二斯

➠ 我們今晚去外面用餐吧！

Let's eat out tonight.
辣資　一特　四特　兔耐

➠ 我們要吃什麼？

What are we going to have?
華特　阿屋依　勾引　兔　黑夫

➠ 我們早餐可以吃三明治。

We can eat sandwiches for breakfast.
屋依　肯　一特　三得位七斯　佛　不來客非斯特

➠ 我最喜歡的食物是披薩。

My favorite food is pizza.
買　肥佛瑞特　福的一ち　匹薩

Unit ② 訂位

➡ 我想訂七點的位子。

I would like to make a reservation at seven.
愛屋　賴克兔妹克　A　瑞惹非循　A特塞門

➡ 我想訂五個人的位子。

I want to make a reservation for five people.
愛望特兔　妹克　A　瑞惹非循　佛　肥福　批剖

● 你也可以這麼說 ●

★ 我要五個人的位子。

I want a table for five, please.
哎忘特　A特伯　佛　肥福　普利斯

➡ 我們有五個人。

We are a group of five.
屋依　阿　A古路鋪歐夫肥福

➡ 我一個人。

I am alone.
愛M　A弄

➡ 我們要等多久？

How long do we have to wait?
好　龍　賭屋依黑夫兔位特

➡ 我們可以等。

We can wait.
屋依 肯 位特

➡ 還有空位嗎？

Do you have a table available?
賭 優 黑夫 A 特伯 A肥樂伯

➡ 我想要靠近窗的位子。

I would like the seats near the window.
愛屋 賴克勒 西資 尼爾 勒 屋依斗

➡ 我想要靠邊的位子。

I would like this table on the side.
愛屋 賴克利斯 特伯 忘 勒 塞得

➡ 我可以坐這個位子嗎？

May I take this seat?
美 愛 坦克 利斯 西特

➡ 角落的那個位子可以嗎？

How about that seat at the corner?
好 世保特 類 西特 ㄟ 勒 摳呢

Unit 3 點菜

➡ 要這裏用還是外帶？

Stay or to go?
斯得 歐 兔 購

➡ 外帶，謝謝。

To go, please.
兔 購 普利斯

●你也可以這麼說●

★ 內用，謝謝。

For here. please.
佛 厂一爾 普利斯

★ 我要一份熱狗。外帶。

I would like one hot dog. To go.
哎 屋 賴克 萬 哈特 鬥個 兔 購

➡ 我可以看菜單嗎？

May I see the menu?
美 愛 吸 勒 咩妞

➡ 我想看看菜單，謝謝。

I would like to see a menu, please.
愛 屋 賴克兔 吸 A 咩妞 普利斯

➡ 我現在可以點餐嗎？

Can I order now?

肯 愛 歐得 惱

➡ 我要一杯洋蔥濃湯。

I would like a cup of onion soup.

愛 屋 賴克 Ａ卡鋪 歐夫 骯尼爾 蒐鋪

➡ 首先，我要蔬菜沙拉。

First, I would like the vegetable salad.

福斯特 愛 屋 賴克勒 飛機特柏 沙拉

➡ 我覺得我想試試烤雞。

I think I will try the roast chicken.

愛 施恩克 愛 我 踹 勒 若斯特 七墾

➡ 今天的特餐是什麼？

What is today's special?

華特一ち 特得斯 斯背秀

➡ 餐廳的招牌菜是什麼？

What is the specialty of the restaurant?

華特一ち 勒 斯背秀踢 歐夫勒 瑞斯特讓

➡ 你有什麼好的推薦嗎？

What would you recommend?

華特 屋揪兒 瑞卡曼得

➡ 我能點和那個一樣的嗎？

Can I have the same as that?

肯愛 黑夫 勒 桑姆ㄟ斯 類

Unit 4 點牛排

➡ 你的牛排要幾分熟？

How do you like your steak cooked?
好　睹　優　賴克　幼兒　斯得克　庫克特

➡ 套餐包括什麼？

What's included in the dinner?
華資　引庫魯的引　勒　丁呢

➡ 全熟。

Well done, please.
威爾　蕩　普利斯

● 你也可以這麼說 ●

★ 三分熟。

Rare, please.
瑞兒　普利斯

★ 五分熟。

Medium rare, please.
密低耳　瑞兒　普利斯

★ 七分熟。

Medium, please.
密低耳　普利斯

➠ 我要沙朗牛排,五分熟。

I will have a sirloin steak, medium.

愛 我 黑夫 A 沙朗 斯得克 密低耳

➠ 我要點牛排。

I would like steak.

愛 屋 賴克 斯得克

● 你也可以這麼說 ●

★ 我要點腓力牛排。

I'd like to order a filet.

哎的 賴克兔 歐得 亡 腓力

Unit 5 甜點

➡ 你要什麼甜點？

What would you like for dessert?
華特　　屋揪兒　賴克佛　低蕬

➡ 我們能待會兒再點嗎？

Can we order that later?
肯　屋依　歐得　類　淚特

➡ 要吃一些麵包嗎？

Would you like some bread?
屋揪兒　賴克　桑　不來得

➡ 好啊！我可以吃些餅乾嗎？

Sure. May I have some cookies?
秀　　美　愛　黑夫　桑　哭丂一斯

➡ 不要了，謝謝！

No, thanks!
弄　山克斯

➡ 請再給我另一份三明治。

Please give me another sandwich.
普利斯　寄　密　八哪耳　三得位七

➡ 我只要一小片蘋果派。

I'll have just a small piece of apple pie.
愛我黑夫　賈斯特　A　斯摩爾　批斯　歐夫　廿婆　派

➠ 我要點起司蛋糕。

I would like cheese cake.

愛 屋　賴克　起司　K 客

➠ 請給我們一些麵包好嗎？（向服務生請求）

Would you bring us some bread?

屋揪兒　舖印　二斯　桑　不來得

● 你也可以這麼說 ●

★ 我能多要一些麵包嗎？

May I have some more bread?

美　哎　黑夫　桑　摩爾　不來得

➠ 我要來一點冰淇淋。

I would like a little ice-cream.

愛　屋　賴克 A 裡頭 哎西苦寧母

➠ 我也要一些。

I want some too, please.

愛忘特　桑　兔　普利斯

Unit 6 飲料

➠ 要不要喝點飲料？

Would you like something to drink?
屋揪兒　賴克　桑性　兔朱因克

➠ 來點咖啡如何？

How about some coffee?
好　世保特　桑　咖啡

●你也可以這麼說●

★ 你要喝咖啡嗎？

Would you like some coffee?
屋揪兒　賴克桑　咖啡

★ 你想要喝些咖啡嗎？

Do you care for some coffee?
賭　優　卡耳佛　桑　咖啡

➠ 我想要點葡萄酒。

I would like to order wine.
愛屋　賴克兔　歐得　屋外

➠ 就點咖啡。

Coffee would be fine.
咖啡　屋逼凡

➠ 您要再來點喝的嗎？

Would you like another drink?
　屋揪兒　賴克　八哪耳　朱因克

➠ 喝杯茶怎麼樣？

Will you have a cup of tea?
　我　優　黑夫　A卡鋪　歐夫踢

➠ 我想要冷飲。

I want something cold to drink.
　愛忘特　　桑性　　寇得　兔　朱因克

➠ 請給我咖啡。

Coffee, please.
　咖啡　普利斯

Unit 7 用餐禮儀

➡ 請遞給我鹽。（向同桌用餐者請求）

Please pass me the salt.
普利斯 怕斯 密 勒 蒐特

● 你也可以這麼說 ●

★ 你能遞鹽給我嗎？

Would you please pass me the salt?
屋揪兒 普利斯 怕斯 密 勒 蒐特

➡ 我的叉子掉到地上，我能要一支新的嗎？

I dropped my fork. May I have a new one?
愛 抓破的 買 佛克 美 愛 黑夫A 紐 萬

➡ 這支湯匙有一點髒。

This spoon is a little dirty.
利斯 斯本 一ㄙA 裡頭 得踢

➡ 這不是我點的餐。

This is not what I ordered.
利斯 一ㄙ那 華特 愛 歐得的

➡ 你可以整理一下桌子嗎？

Would you clear the table?
屋揪兒 克里兒 勒 特伯

➠ 用完了嗎？還是要繼續用？

Have you finished or still working on it?
黑夫　優　匸尼續的　歐斯提歐　臥慶　忘　一特

➠ 我還在吃。

I am still working on it.
哀 M 斯提歐　臥慶　忘　一特

➠ 我吃飽了。

I am full.
愛 M　佛

●你也可以這麼說●

★ 我吃飽了。

I am stuffed.
哎 M　斯搭福的

★ 我已經吃飽了。

I have had enough.
哎　黑夫　黑的　A 那夫

★ 我真的吃不下了。

I really can't eat anymore.
哎　瑞兒裡　肯特　一特　安尼摩爾

Unit 8 口味

➡ 這非常美味。

It's very delicious.

依次 肥瑞 低李秀斯

➡ 好難吃！

It's yucky.

依次 優七

➡ 沒味道。

It's tasteless.

依次 太斯里斯

➡ 這個聞起來好香。

It smells good.

一特 斯賣爾斯 估的

➡ 我喝茶喜歡放糖。

I like my tea sweet.

愛 賴克 買 踢 司威特

➡ 牛奶發酸了。

The milk is sour.

勒 謬客 一ㄘ 餿

➡ 太油膩了。

It's too oily.

依次 兔 歐一粒

➠ 這肉好嫩啊！
This meat is tender.
利斯　密特 一ㄅ 貪得

➠ 好硬啊！
This is tough.
利斯 一ㄅ 踏夫

➠ 煮太熟了。
It's overcooked.
依次　歐佛庫克特

➠ 你喜歡哪一種菜餚？
What kind of cuisine do you like?
華特　砍特 歐夫 苦日　賭　優　賴克

➠ 我喜歡法式菜。
I like French cuisine.
愛 賴克 法蘭區　苦日

➠ 你最喜歡哪一種食物？
What is your favorite food?
華特 一ㄅ 幼兒 肥佛瑞特 福的

➠ 我最喜歡漢堡。
My favorite food is hamburgers.
買　肥佛瑞特 福的 一ㄅ 和伯葛斯

Unit 9 付款

➡ 請結帳。

Check, please.

切客　普利斯

● 你也可以這麼說 ●

★ 買單。

Bill, please.

比爾　普利斯

➡ 你們要不要分開付帳？

Do you want separate checks?

賭　優　忘特　塞婆瑞特　切客斯

➡ 這次我請客。

It's my treat this time.

依次 買 楚一特 利斯 太门

● 你也可以這麼說 ●

★ 我請客。

I will treat you.

哎 我 楚一特 優

➡ 算我的。

It's on me.

依次 忘 密

➡ 我堅持付帳。

I insist on paying the bill.
愛印司特忘　配音　勒　比爾

➡ 讓我們各付各的吧！

Let's go Dutch.
辣資　購　踏區

➡ 你們收信用卡嗎？

Do you accept credit cards?
賭　優　ㄟ賽ㄆ特　魁地特　卡斯

➡ 你們收萬事達卡嗎？

Do you accept MasterCard?
賭　優　阿賽波特　賣斯特卡

➡ 用現金還是信用卡付帳？

Cash or credit?
客需　歐　魁地特

➡ 我用現金付。

I'll pay it by cash.
愛我　配一特百　客需

➡ 有包含服務費嗎？

Is the service charge included?
一ㄅ勒　蛇密斯　差居　引庫魯的

➡ 不用找零錢了。

Keep the change.
機鋪　勒　勸居

3

購物

Unit 1 尋找商品

➡ 有什麼需要我效勞的嗎？

May I help you?
美　愛　黑耳夕　優

➡ 你在找什麼(商品)嗎？

Are you looking for something?
阿　優　路克引　佛　桑性

●你也可以這麼說●

★ 您想看些什麼？

What would you like to see?
華特　　屋揪兒　賴克　兔　吸

➡ 我想看一些領帶。

I would like to see some ties.
愛　屋　賴克　兔　吸　桑　太斯

➡ 我正在找一些裙子。

I am looking for some skirts.
愛 M　路克引　佛　桑　史克斯

➡ 我在找紅袋子。

I am looking for a red bag.
愛 M　路克引　佛　亡 瑞德背格

➡ 我想要看一些毛衣。

I want to see some sweaters.

愛忘特 兔 吸 桑 司為特斯

➡ 我想要買生日禮物給我的太太。

I'd like to buy birthday presents for my wife.

愛的 賴克 兔 百 啵斯帶 撲一忍斯 佛 買 我愛夫

➡ 我想要買一台電視。

I'd like to buy a TV.

愛的 賴克 兔 百 さ 踢非

➡ 你們有賣手套嗎？

Do you have any gloves?

賭 優 黑夫 安尼 葛辣福斯

➡ 你喜歡哪一件？

Which one would you like?

會區 萬 屋揪兒 賴克

➡ 你要找的是這一種嗎？

Is this what you are looking for?

一ㄊ 利斯 華特 優 阿 路克引 佛

Unit ② 有興趣的商品

➡ 您喜歡哪一種？

What kind would you like?

華特　砍特　　屋揪兒　賴克

➡ 您想要哪一個牌子？

Which brand do you want?

會區　白蘭　賭　優　忘特

➡ 您想要哪一個顏色？

What color do you like?

華特　咖蔥　賭　優　賴克

➡ 您想要哪一種款式？

What style would you like?

華特　史太耳　屋揪兒　賴克

➡ 我只是隨便看看。

I am just looking.

愛 M 賈斯特　路克引

➡ 請給我看看那件黑色毛衣。

Please show me that black sweater.

普利斯　秀　密　類　不來客　司為特

➡ 你有沒有像這一個的？

Do you have anything like this one?

賭　優　黑夫　安尼性　賴克　利斯　萬

➡ 我對這個有興趣。

I am interested in this one.

愛 M　因雀斯特的 引 利斯　萬

➡ 我能看那些毛衣嗎？

May I see those sweaters?

美　愛　吸　肉絲　司為特斯

➡ 你們有賣 LV 的手提包嗎？

Do you carry LV handbags?

賭　優　卡瑞　LV　和的背格斯

Unit ③ 款式

⟹ 我不喜歡這個樣式。

I don't like this style.

愛動特 賴克利斯 史太耳

⟹ 你不覺得太流行了嗎？

Don't you think it's too fashionable?

動特 優 施恩克依次 兔　肥訓耐伯

⟹ 你們有什麼樣式？

What kind of styles do you have?

華特 砍特 歐夫 史太耳斯 賭 優 黑夫

⟹ 這是舊款嗎？

Is it an old model?

一ㄘ一特恩 歐得 媽朵

⟹ 我在找同樣的花色。

I'm looking for the same pattern.

愛門 路克引 佛 勒 桑姆 配特

⟹ 你有沒有好一點的？

Do you have anything better?

賭 優 黑夫 安尼性　杯特

⟹ 你能給我看一些不一樣的嗎？

Can you show me something different?

肯 優 秀 密　桑性　低粉特

➡ 這個我喜歡。

It looks perfect to me.

一特 路克斯 ㄆ肥特 兔 密

➡ 寬鬆的毛衣非常流行。

Loose sweaters are very fashionable.

鷺鷥 司為特斯 阿 肥瑞 肥訓耐伯

➡ 這種現在正流行。

This is now in fashion.

利斯 一ㄘ 惱 引 肥訓

➡ 這不是我的風格。

This is not my style.

利斯 一ㄘ 那 買 史太耳

Unit ④ 尺寸

▶ 這有好多種尺寸。

This comes in several sizes.

利斯　康斯　引　色佛若　矖斯一斯

▶ 有沒有其他尺寸？

Any other sizes?

安尼　阿樂　矖斯一斯

▶ 你的衣服十分合身。

Your clothes fit perfectly.

幼兒　克樓斯一斯　匸一特　夊肥特里

▶ 有八號嗎？

Are there any size eights?

阿　淚兒　安尼　矖斯　ㄟ特斯

▶ 我的尺寸是八號。

My size is eight.

買　矖斯一ㄅ　ㄟ特

▶ 我要特大號的床單。

I'd like king-size sheets.

愛的賴克　肯　矖斯　序特斯

▶ 我不知道我的尺寸。

I don't know my size.

愛動特　弄　買　矖斯

0
7
7

➡ 可以幫我量一下尺寸嗎？

Could you measure me, please?

　　苦揪兒　　沒準　　密　普利斯

➡ 這個尺寸我可以嗎？

Is this the right size for me?

一ち利斯 勒 軟特 曬斯 佛 密

Unit ⑤ 數量

➠ 我要買一打啤酒。

I'd like a dozen cans of beer.

愛的 賴克 亡　搭忍　肯斯　歐夫逼耳

➠ 我要買一些蛋糕用的起司。

I want some cheese for a cake.

愛忘特　桑　　起司　佛 亡K客

➠ 我要買一條麵包。

I want to buy a loaf of bread.

愛忘特 兔　百 亡羅夫 歐夫 不來得

➠ 我要買一棵萵苣。

I'd like to buy a head of lettuce.

愛的賴克 兔　百 亡 黑的 歐夫 類特司

➠ 我要買一袋豆子。

I want to buy a bag of beans.

愛忘特 兔　百 亡 背格歐夫 冰斯

➠ 可以幫我秤一磅豬肉嗎？

Would you weigh a pound of pork?

屋揪兒　為特 亡 龐得 歐夫 模克

➠ 我要買一束花。

I'd like to buy a bundle of flowers.

愛的賴克兔 百 亡 幫都　歐夫 福老兒斯

➡ 我要買一盒這個。

I'd like to buy a box of this.

愛的 賴克兔　百 亡 拔撕 歐夫利斯

➡ 我兩個都要買。

I will buy both of them.

愛我　百　伯司 歐夫樂門

Unit 6 顏色

我不喜歡這個顏色。
I don't like the color.
愛動特 賴克 勒 咖惹

這有許多種顏色。
This comes in many colors.
利斯 康斯 引 沒泥 咖惹斯

紅色正在流行。
Red is in fashion.
瑞德一ㄘ引 肥訓

有沒有其他顏色？
Any other color?
安尼 阿樂 咖惹

有沒有紅色的？
Do you have any red ones?
賭 優 黑夫 安尼 瑞德 萬斯

我不喜歡藍色。
I don't like blue.
愛動特 賴克 不魯

顏色太豐富了。
It's too colorful.
依次 兔 咖惹佛

⇒ 有沒有暗一點的顏色？

Do you have any darker ones?

　賭　優　黑夫　安尼　達克特兒　萬斯

⇒ 可以給我看亮一些的嗎？

Could you show me some brighter ones?

　苦揪兒　秀　密　桑　不來特兒　萬斯

Unit 7 試穿

➡ 試衣間在哪裡？

Where is the fitting room?

灰耳 一ㄣ 勒 ㄷㄧ丁 乳名

➡ 我能試穿這一件嗎？

May I try this on?

美 愛 踹 利斯 忘

➡ 我不知道我的尺寸。

I don't know what my size is.

愛動特 弄 華特 賣 曬斯 一ㄣ

➡ 我要大尺寸的。

I want the large size.

愛忘特 勒 辣居 曬斯

➡ 這件不太對勁。

Something's wrong with this one.

桑性斯 弄 位斯 利斯 萬

➡ 太短了。

It's too short.

依次 兔 秀的

➡ 這件對我來說太鬆了。

This is too loose for me.

利斯 一ㄣ 兔 鷺鷺 佛 密

⇒ 我能試穿較小件的嗎？

Can I try a smaller one?

肯 愛 踹 A 斯摩爾兒 萬

⇒ 我穿這一件的效果怎麼樣？

How does this one look on me?

好 得斯 利斯 萬 路克 忘 密

⇒ 我拿不定主意。

I have no idea.

愛 黑夫 弄 哎低兒

⇒ 我不覺得這件好。

I don't think this is good.

愛 動特 性 利斯 ㄅ 估的

Unit 8 購物的邀約

➡ 你要和我一起去逛街嗎？

Would you like to go shopping with me?

屋　優　賴克兔購　夏冰　位斯密

➡ 我們去瞧一瞧那一間新開的書店。

Let's go check that new bookstore out.

辣資　購　切客　類　紐　不克死同　凹特

➡ 我們要一起去逛一逛嗎？

Shall we go window-shopping?

修　屋依購　屋依斗　夏冰

➡ 我在想你是否可以和我一起去？

I was wondering if you could go with me.

愛瓦雌　王得因　一幅優　苦　購　位斯密

➡ 你要一起來嗎？

Are you coming with me?

阿　優　康密因　位斯密

●你也可以這麼說●

★ 你到底要不要來？

Are you coming or not?

阿　優　康密因　歐那

➡ 我們一起去購物。

Let's go shopping.

辣資　購　夏冰

➡ 要一起來嗎？

Do you want to come?

賭　優　忘特兔　康

➡ 一起來嘛！我需要你的意見。

Come with me. I need your advice.

康　位斯　密　愛尼的　幼兒　阿得賣司

Unit 9 店員的詢問

➡ 有什麼需要我效勞的嗎？

May I help you?

美 愛黑耳ㄆ優

➡ 你在找一些特別的東西嗎？

Are you looking for something special?

阿優 路克引 佛 桑性 斯背秀

➡ 您想買什麼？

What do you want to buy?

華特 賭 優 忘特兔 百

➡ 您想看些什麼？

What would you like to see?

華特 屋 優賴克兔 吸

➡ 您喜歡哪一種？

What kind would you like?

華特 砍特 屋 優 賴克

➡ 您想要哪一個牌子？

Which brand do you want?

會區 白蘭 賭優 忘特

➡ 您想要哪一個顏色？

What color do you like?

華特 咖惹 賭 優 賴克

➡ 您想要哪一種款式？

What style would you like?
華特 史太耳 屋 優 賴克

➡ 我可以拿一些其他的給您看嗎？

Can I show you anything else?
肯 愛 秀 優 安尼性 愛耳司

➡ 這一個如何？

How about this one?
好 世保特 利斯 萬

●你也可以這麼說●

★ 你喜歡這個嗎？

Do you like this one?
賭 優 賴克 利斯 萬

Unit 10 詢問、挑選商品

➡ 我只是隨便看看。

I am just looking.

愛 M 賈斯特 路克引

➡ 我要買黑色的毛衣。

I want to buy a black sweater.

愛 忘特 兔 百 A不來客 司為特

➡ 你們有沒有給小孩子穿戴的帽子？

Do you have any hats for kids?

賭 優 黑夫 安尼黑特斯 佛 丂一資

➡ 你們有這本書嗎？

Do you have this book?

賭 優 黑夫 立斯 不克

➡ 我正在找一些裙子。

I am looking for some skirts.

愛 M 路克引 佛 桑 史克斯

➡ 我想看一些流行音樂 CD。

I would like to see some pop CDs.

愛 屋 賴克 兔 吸 桑 怕破 CD 斯

➡ 我能看那些戒指嗎？

May I see those rings?

美 愛 吸 肉絲 乳因斯

➠ 你們有照相機嗎？

Do you have cameras?

賭　優　黑夫　卡賣拉斯

➠ 你們有尼可牌的相機嗎？

Do you have Nikon cameras?

賭　優　黑夫　尼空　卡賣拉斯

➠ 你可以推薦一些(商品)給我嗎？

Can you recommend something for me?

肯　優　瑞卡曼得　　桑性　　佛　密

Unit 11 店員回應詢問

➡ 這一個？請看。

This one? Here you go.

利斯　萬　ㄏㄧ爾　優　購

➡ 這一個如何？

How about this one?

好　世保特　利斯　萬

➡ 你有特別的想法嗎？

Do you have any specific idea?

賭　優　黑夫　安尼　斯波非斯克　哎低兒

➡ 你心裡有什麼想法嗎？

What do you have in mind?

華特　賭　優　黑夫　引　麥得

➡ 你要找哪一種書？

What kind of book are you looking for?

華特　砍特歐夫　不克　阿　優　路克引　佛

➡ 你喜歡哪一件？

Which one would you like?

會區　萬　屋　優　賴克

➡ 你有中意的品牌嗎？

Do you prefer any brand?

賭　優　埔里非　安尼　白蘭

➤ 這有許多種顏色。

This comes in many colors.

利斯　康斯　引　沒泥　咖蔥斯

➤ 這有好多種尺寸。

This comes in several sizes.

利斯　康斯　引　色佛若　曬斯一斯

Unit 12 店員回答問題

⟹ 材質是石頭。

The material is stone.

勒 悶特里歐一ち 司同

⟹ 酒是用葡萄製成。（材質改變）

Wine is made from grapes.

屋外一ち 妹得 防 鬼婆斯

⟹ 襯衫用棉製成。（材質不變）

The shirt is made of cotton.

勒 秀得 一ち 妹得 歐夫 卡疼

⟹ 對不起，他們都賣完了。

Sorry, they are all sold out.

蒐瑞 勒 阿 歐蒐的 凹特

⟹ 當然有，請你等我一下。

Sure. Would you wait for me for a moment?

秀 屋 優 位特佛密 佛 A 摩門特

⟹ 我拿一個新的給你。

Let me get a new one for you.

勒 密 給特 A 紐 萬 佛 優

⟹ 對不起，這是最後一個。

I am sorry. This is the last one.

愛 M 蒐瑞 利斯一ち 勒 賴斯特萬

你也可以這麼說

★這是唯一的一個。

This is the only one.

利斯 一ㄘ 勒 翁裡 萬

➡ 這些非常熱賣。

These are very popular.

利斯 阿 肥瑞 怕波勒

Unit 13 詢問價格、議價

→ 這個多少錢？

How much is it?

好 罵區 一ち 一特

● 你也可以這麼說 ●

★ 多少錢？

How much?

好 罵區

→ 價錢是多少？

What is the price?

華特一ち 勒 不來斯

→ 你說要多少？

How much are you asking?

好 罵區 阿 優 愛斯清

● 你也可以這麼說 ●

★ 你說要多少錢？

How much do you charge?

好 罵區 賭 優 差居

➡ 這個賣多少錢？

How much does it cost?

好 罵區 得斯 一特 寇斯特

➡ 這些總共多少錢？

How much is it altogether?

好 罵區 一ㄘ 一特 歐特給樂

➡ 你可以給我一些折扣嗎？

Can you give me a discount?

肯 優 寄 密 A 低思考特

➡ 這件賣 2000 元。

It is two thousand dollars.

一特一ㄘ 凸 騷忍 搭樂斯

➡ 哇！好貴喔！

Wow, it's expensive.

哇 依次 一撕半撕

➡ 太貴了。

That's too expensive.

類次 兔 一撕半撕

➡ 不貴。

It's not expensive.

依次 那 一撕半撕

Unit 14 考慮是否要買

➡ 我還沒有決定。

I have not decided yet.

愛 黑夫 那 低賽的 耶踢

➡ 我喜歡，可是我沒有帶足夠的錢。

I love it, but I didn't bring enough money.

愛 勒夫 一特 霸特愛 低等 鋪印 A那夫 曼尼

➡ 我不知道耶！

I don't know.

愛 動特 弄

➡ 我不知道哪一個對我比較好。

I don't know which is better for me.

愛 動特 弄 會區一ㄅ 杯特佛 密

➡ 我還不能做決定。

I still couldn't make up my mind.

愛 斯提歐 庫鄧 妹克 阿鋪 買 麥得

➡ 我必須要好好考慮一下。

I have to think about it.

愛 黑夫 兔 施恩克 せ保特 一特

➡ 我可以改天用同樣價格買嗎？

Can I have a rain check?

肯 愛 黑夫 ㄜ瑞安 切客

➠ 也許我等一下會買。

Maybe I will buy it later.

美批　愛　我　百　一特 涙特

➠ 我要問問我太太的意見。

I need to ask my wife's advice.

愛尼的　兔 愛斯克　買　我夫斯 阿得賣司

Unit 15 售後服務

你能幫我打包嗎？

Could you wrap it up for me?

苦揪兒 瑞ㄆ 一特 阿鋪 佛 密

你們有免費修改嗎？

Do you have free tailoring?

賭 優 黑夫 福利 胎樂瑞引

你能修改褲子長度嗎？

Could you adjust the pants length?

苦揪兒 ㄟ的賈斯特 勒 ㄆ安斯 蘭斯

如果我不喜歡能退貨嗎？

Could I return it if I don't like it?

苦 愛 瑞疼 一特 一幅 愛 動特 賴克 一特

你能幫我包裝嗎？

Would you wrap it for me?

屋 優 瑞ㄆ 一特 佛 密

對不起，我要退貨。

Excuse me, I would like to return it.

一克斯Q斯 密 愛 屋 賴克 兔 瑞疼 一特

它不能運轉了。

It doesn't work now.

一特 得任 臥克 惱

➠ 我想要退錢。

I would like to get a refund.
愛 屋 賴克兔 給特A 蕊放的

➠ 你有帶收據嗎？

Do you have a receipt?
賭 優 黑夫 A 瑞細特

➠ 有保證書嗎？

Does it have a warranty?
得斯 一特 黑夫 亡 我潤踢

➠ 保證期有多長？

How long is the warranty?
好 龍 一ㄅ勒 我潤踢

Unit 16 決定買

➦ 我要買這一件。

I will take this one.

愛我 坦克 利斯 萬

● 你也可以這麼說 ●

★ 我要買。

I will take it.

哎 我 坦克 一特

➦ 它要賣多少錢？

How much does it cost?

好 罵區 得斯一特 寇斯特

● 你也可以這麼說 ●

★ 價錢是多少。

What is the price?

華特 一ㄣ 勒 不來斯

★ 多少錢？

How much is it?

好 罵區 一ㄣ 一特

➡ 我應該付多少錢？

How much shall I pay for it?
好　馬區　修愛配佛　一特

➡ 那件賣多少錢？

How much does it sell for?
好　馬區　得斯　一特　塞耳佛

➡ 總共多少錢？

How much is it altogether?
好　馬區　一ㄉ一特　歐特給樂

➡ 它很便宜。

It's very cheap.
依次　肥瑞　去ㄆ

➡ 有沒有折扣？

Any discount?
安尼　低思考特

●你也可以這麼說●

★ 你可以給我折扣嗎？

Can you give me a discount?
肯　優　寄密　A　低思考特

4

家庭生活

Unit 1 生活用語

➡ 排水管怎麼了？

What's wrong with the drain?

華資 弄 位斯 勒 准

➡ 塞住了，水排不下去。

It's clogged and the water won't go down.

依次 克拉格的 安 勒 瓦特 甕 購 黨

➡ 水龍頭在滴水。

My water faucet is dripping.

買 瓦特 佛西特 一ㄘ 珠一瓶

➡ 他修理了他的房子。

He repaired his house.

ㄏ一 瑞呸的 ㄏ一斯 號斯

➡ 我的車需要洗一洗。

My car needs washing.

買 卡 尼斯 襪需引

➡ 一點聲音也沒有。

Not a sound was heard.

那 ㄜ 桑得 瓦雌 喝得

➡ 他在籌集資金。

He is collecting money.

ㄏ一 一ㄘ 克拉停引 曼尼

只是為了消遣一下。

Just for entertainment.

賈斯特 佛 安特門特

她上學去了。

She has been to school.

需 黑資 兵 兔 斯庫兒

晚餐六點鐘就好了。

Supper is ready at six.

色伯 一ㄘ 瑞底 ㄟ細伊斯

你要選哪個？

Which would you prefer?

會區 屋揪兒 埔里非

他正在找工作。

He is looking for a job.

ㄏ一 一ㄘ 路克引 佛 ㄜ 假伯

他並不在乎我。

He doesn't care about me.

ㄏ一 得任 卡耳 せ保特 密

我六點起床。

I get up at six o'clock.

愛 給特 阿鋪 ㄟ細伊斯 A 克拉克

我對工作煩死了！

I'm fed up with my work!

愛門 費的 阿鋪 位斯 買 臥克

➡ 我買不起一部新車。

I can't afford a new car.

愛肯特 A佛得 亡 紐 卡

➡ 我不習慣喝酒。

I'm not used to drinking.

愛門 那 又司的 兔 朱因器

➡ 我們別浪費時間了。

Let's not waste our time.

辣資 那 為斯特 四兒 太门

➡ 你為什麼待在家裏？

Why did you stay at home?

壞 低 優 斯得 ㄟ 厚

➡ 你參加比賽了嗎？

Did you enter the contest?

低 優 安特 勒 康特司特

➡ 他在鎮上四處遛達。

He strolls about the town.

ㄏ一 司綽爾斯 世保特 勒 躺

➡ 我會安排一切的。

I will arrange everything.

愛我 亡潤居 愛複瑞性

➡ 五點半的時候叫醒我。

Wake me up at five thirty.

胃課 密 阿鋪 ㄟ 肥福 捨替

⟹ 你又和別人打架了嗎？

Did you fight with others?

低　優　費特　位斯　阿樂斯

⟹ 我真希望是住在西雅圖。

I wish I lived in Seattle.

愛 胃虛 愛 立夫的 引 西雅圖

⟹ 有人在按門鈴。

Someone is ringing the bell.

桑萬　一ㄥ　乳因引　勒　逼爾

⟹ 史密斯一家是我的鄰居。

The Smiths are my neighbors.

勒　史密斯　阿　買　餒伯斯

Unit 2 住家

你住在哪裡？
Where do you live?
灰耳 賭 優 立夫

我住在台北。
I live in Taipei.
愛 立夫 引 台北

你住在哪裡多久了？
How long have you lived there?
好 龍 黑夫 優 立夫的 淚兒

我住在這裡五年了。
I have lived here for five years.
愛 黑夫 立夫的 ㄏ一爾 佛 肥福 一耳斯

我和我的父母住在一起。
I live with my parents.
愛 立夫 位斯 買 配潤斯

這是你的房子嗎？
Do you own the house?
賭 優 翁 勒 號斯

我租這間房子。
I rent this house.
愛 潤特 利斯 號斯

➡ 我五年前買了這間房子。

I bought this house five years ago.

愛 伯特 利斯 號斯 肥福 一耳斯 A 購

➡ 你的房租多少錢？

How much is your rent?

好 罵區 一ㄣ 幼兒 潤特

➡ 你住在哪一層樓？

Which floor do you live on?

會區 福樓 賭 優 立夫 忘

➡ 我住在二樓。

I live on the second floor.

愛立夫忘 勒 誰肯 福樓

➡ 停電了。

The power is off.

勒 炮耳 一ㄣ 歐夫

➡ 電又回來了。

The power is back on.

勒 炮耳 一ㄣ 貝克 忘

➡ 你每個月水電費付多少錢？

How much do you pay for the utilities?

好 罵區 賭 優 配 佛 勒 優替勒踢斯

Unit 3 家務清理

➡ 用毛巾擦手。

Wipe your hands on a towel.

外婆 幼兒 和斯 忘 亡 掏耳

●你也可以這麼說●

★ 用那塊抹布擦你的手。

Wipe your hands with that dishcloth.

外婆 幼兒 和斯 位斯 類 低司課樓斯

➡ 我每天清掃房子一次。

I clean the house once a day.

愛 客寧 勒 號斯 萬斯 亡 得

➡ 每件東西都保持乾淨。

Keep everything neat and clean.

機舖 愛複瑞性 尼特 安 客寧

➡ 把書本保持井然有序。

Keep the books in order.

機舖 勒 不克斯 引 歐得

➡ 把他們放在一起。

Keep them together.

機舖 樂門 特給樂

➡ 該是打掃的時間了。

It's about time to clean up.

依次 せ保特 太ㄇ 兔 客寧 阿鋪

➡ 你為什麼不打掃客廳？

Why don't you clean up the living room?

壞 動特 優 客寧 阿鋪 勒 立冰 乳名

➡ 我們來打掃房間吧！

Let's clean up the room.

辣資 客寧 阿鋪 勒 乳名

➡ 你清掃廚房了嗎？

Did you clean up the kitchen?

低 優 客寧 阿鋪 勒 雞勒

➡ 你可以把我的房間清乾淨嗎？

Cuuld you clean up my room?

苦揪兒 客寧 阿鋪 買 乳名

➡ 把這些東西收一收。

Clean up the stuff.

客寧 阿鋪 勒 斯搭福

➡ 幫我打掃車庫。

Help me clean up the garage.

黑耳ㄆ密 客寧 阿鋪 勒 葛襪居

➡ 把那些雜誌放回原位。

Put those magazines back.

鋪 肉絲 妹哥寧斯 貝克

Unit 4 掃地、拖地

➡ 要定期掃地。

Sweep the floor regularly.

司為普 勒 福樓 瑞鬼爾裡

➡ 用濕拖把清洗。

Wash it with a damp mop.

襪需 一特 位斯 亡 等婆 馬夊

➡ 先從吸這個角落的地毯開始。

Vacuum the carpet of this corner first.

肥居嗯 勒 咖比特 歐夫利斯 摳呢 福斯特

➡ 一週至少要用吸塵器吸地。

Vacuum the floor at least weekly.

肥居嗯 勒 福樓 ㄟ利斯特 屋一克裡

➡ 別忘了沙發底下也要清掃。

Don't forget to clean under the sofa too.

動特 佛給特 兔 客寧 骯得 勒 沙發 兔

➡ 請把拖把拿給我。

Please bring me a mop.

普利斯 鋪印 密 亡 馬夊

➡ 你有看見拖把嗎？我找不到它。

Do you see the mop? I couldn't find it.

賭 優 吸 勒 馬夊 愛 庫鄧 煩的 一特

➡ 你應該(用拖把)拖地。

You have to mop the floor.

優 黑夫 兔 罵ㄆ 勒 福樓

➡ 你可以稍後再拖地板。

You might mop the floor later.

優 賣特 罵ㄆ 勒 福樓 淚特

➡ 一次拖地一小個區域。

Mop small areas at a time.

罵ㄆ 斯摩爾 阿蕊斯 ㄟㄜ 太ㄇ

➡ 用拖把擦地。

Scrub the floor with the mop.

司葛伯 勒 福樓 位斯 勒 罵ㄆ

➡ 記得用刷子擦拭。

Remember to wipe it with a brush.

瑞敏波 兔 外婆 一特 位斯 ㄜ 不拉需

➡ 你有用拖把拖地嗎?

Did you clean the floor with a mop?

低 優 客寧 勒 福樓 位斯 ㄜ 罵ㄆ

Unit 5 清洗傢俱

➤ 你洗窗戶了嗎？

Did you wash the windows?

低　優　襪需　勒　屋依斗斯

➤ 用玻璃清潔劑洗窗戶。

Wash the windows with glass cleaner.

襪需　勒　屋依斗斯　位斯　給雷斯　客寧爾

➤ 請把抹布擰乾。

Wring out the rag.

入引　凹特　勒　瑞個

➤ 抹布洗了嗎？

Did you rinse out the rag?

低　優　瑞恩司凹特　勒　瑞個

➤ 請擦一下桌子。

Wipe the table.

外婆　勒　特伯

➤ 用肥皂水洗。

Wash it in soapy water.

襪需一特引　嗽皮　瓦特

➤ 這裡再擦一下。

Wipe here one more time.

外婆　厂一爾　萬　摩爾　太门

➠ 用海綿清洗。

Wash it with a sponge.

襪需 一特 位斯 亡 司胖區

➠ 用濕抹布清洗。

Wash it with a damp dishcloth.

襪需 一特 位斯 亡 等婆 低司課樓斯

➠ 去清理煙灰缸。

Go empty the ashtrays.

購 暗批踢 勒 愛需吹的

➠ 去幫我拿拖把來。

Go get the mop for me.

購 給特 勒 罵夂 佛 密

➠ 拭去家俱和窗簾上的灰塵。

Dust the furniture and the curtains.

大斯特 勒 費尼缺兒 安 勒 可疼斯

➠ 拭去百葉窗上的灰塵。

Dust the blinds.

大斯特 勒 不藍斯

Unit ⑥ 衣物清理

➡ 請洗我們的襪子。

Wash our socks, please.

襪需　凹兒　薩克斯　普利斯

➡ 那些衣服沾到髒污了。

Those clothes are stained.

肉絲　克樓斯一斯　阿　史坦的

➡ 你多久沒有洗衣服了？

How long haven't you done the laundry?

好　龍　黑悶　優　檔　勒　弄局一

➡ 我要洗衣服了。

I will do the laundry.

愛　我　賭　勒　弄局一

➡ 把衣服放入洗衣籃內。

Put the clothes in the laundry basket.

鋪　勒　克樓日　引　勒　弄局一　被思妻特

➡ 你今天要洗衣服嗎？

Are you going to do the laundry today?

阿　優　勾引兔　賭　勒　弄局一　特得

➡ 待洗的衣服已經一大堆了。

The laundry has piled up.

勒　弄局一　黑資派兒的　阿鋪

➡ 洗這些衣服。

Wash these clothes.

襪需　利斯　克樓日

➡ 將衣服送乾洗。

Take the clothes to the dry cleaner's.

坦克　勒　克樓日　兔　勒　賺　客寧爾斯

➡ 內衣褲要分開洗。

Wash this underwear separately.

襪需　利斯　骯得威爾　塞婆瑞踢特裡

➡ 深色和淺色(衣服)要分開。

Separate the dark from the light colors.

塞婆瑞特　勒　達克　防　勒　賴特　咖茲斯

Unit 7 購屋

➡ 我正在尋找新房子。

I am looking for a new house.

愛 M 路克引 佛 A 紐 號斯

➡ 我會住在我姑姑家。

I will live with my aunt.

愛我 立夫 位斯 買 案特

➡ 你打算買房子嗎？

Are you going to buy a house?

阿 優 勾引 兔 百 A 號斯

➡ 學校的校車有經過這附近嗎？

Does the school bus pass nearby?

得斯 勒 斯庫兒 巴士 怕斯 尼爾掰

➡ 就在街角。

It's right on the corner.

依次 軟特 忘 勒 摳呢

➡ 你覺得這間公寓如何？

What do you think about this apartment?

華特 賭 優 施恩克 せ保特 利斯 亡怕特悶特

➡ 我想要一個大一點的廚房。

I would like a bigger kitchen.

愛 屋 賴克 A 逼個兒 雞勤

➡ (你覺得)地點如何？

How about the location?

好　也保特　勒　漏丂訓

➡ 地點還不錯。

The location is OK.

勒　漏丂訓　一ㄅ OK

➡ 離學校太遠了。

It's too far away from the school.

依次　兔　罰　A 位　防　勒　斯庫兒

➡ 你想要看一看另一間公寓嗎？

Would you like to see another apartment?

屋揪兒　賴克兔　吸　ㄟ哪耳　ㄊ怕特悶特

➡ 這一間好一點。

This one is much better.

利斯　萬　一ㄅ　罵區　杯特

➡ 這間對我來說很棒。

It looks perfect to me.

一特　路克斯　夕肥特　兔　密

Unit 8 房間出租

➡ 你們現在有沒有公寓要出租？

Do you have any apartments for rent?

賭　優　黑夫　安尼　亡怕特悶斯　佛　潤特

● 你也可以這麼說 ●

★ 你有公寓是要出租的嗎?

Do you have any apartments available?

賭　優　黑夫　安尼　亡怕特斯　A肥樂伯

★ 你還有空房嗎?

Do you still have a vacancy?

賭　優　斯提歐黑夫　A　肥肯西

➡ 我們下星期有一間空出來的房子。

We will have a house free next week.

屋依　我　黑夫　A　號斯　福利　耐司特　屋一克

➡ 你有什麼樣的公寓？

What kind of apartment do you have?

華特　砍特　歐夫　亡怕特悶特　賭　優　黑夫

➡ 這間公寓有多大？

How big is that apartment?

好　逼個　一ㄎ　類　亡怕特悶特

➡ 在哪一層樓？

Which floor is it on?

會區 福樓 一ㄘ 一特 忘

➡ 在三樓。

It's on the third floor.

依次 忘 勒 捨得 福樓

➡ 這房子有景觀嗎？

Does it have a view?

得斯 一特 黑夫 A V歐

➡ 它有多少間房間？

How many rooms does it have?

好 沒泥 乳名斯 得斯 一特 黑夫

➡ 有三間臥室。

There are three bedrooms.

淚兒 阿 樹裡 杯準斯

➡ 有客廳嗎？

Does it have a living room?

得斯 一特 黑夫 A 力冰 乳名

➡ 它有一間大的客廳和廚房。

It has a large living room and a kitchen.

一特 黑資 A 辣居 力冰 乳名 安 A 雞勸

➡ 有附家俱嗎？

Is it furnished?

一ㄘ 一特 非泥需的

Unit 9 租金、水電

⟹ 租金是多少？

What's the rent on that?

華資　勒　潤特　忘　類

●你也可以這麼說●

★ 你說要多少錢？

How much are you asking?

好　馬區　阿　優　愛斯清

★ 要多少？

How much does it cost?

好　馬區　得斯　一特　窺斯特

★ 你要收多少(房租)？

How much do you charge?

好　馬區　賭　優　差居

⟹ 每個月多少錢？

How much is it per month?

好　馬區　一ㄘ一特　波　忙濕

⟹ 押金是多少？

How much is the deposit?

好　馬區　一ㄘ勒　低趴西

➡ 一個月要五千元。

It's five thousand a month.

依次 肥福 醫忍 A 忙濕

● 你也可以這麼說 ●

★ 一個月要價五千。

It costs five thousand a month.

一特 寇斯 肥福 醫忍 A 忙濕

➡ 房租含有公設水電費嗎？

Are utilities included in the rent?

阿 優替勒踢斯 引庫魯的 印 勒 潤特

➡ 公共水電費有含在內嗎？

Are utilities included?

阿 優替勒踢斯 引庫魯的

➡ 公設水電費呢？

How about utilities?

好 世保特 優替勒踢斯

➡ 我要付公設水電費嗎？

Do I have to pay utilities?

睹 愛 黑夫 兔 配 優替勒踢斯

Unit 10 參觀房子

➡ 我可以看看房子嗎？

Could I see the house, please?

苦 愛 吸 勒 號斯 普利斯

●你也可以這麼說●

★ 可以現在看房子嗎？

Would it be fine to see the house now?

屋 一特 逼 凡 兔 吸 勒 號斯 惱

★ 現在可以看房子嗎？

Is it all right to see the house now?

一ち 一特 歐 軟特 兔 吸 勒 號斯 惱

★ 如果我現在看一下可以嗎？

Is it OK if I have a look at it now?

一ち 一特 OK 一幅 哎 黑夫 A 路克 ㄟ 一特 惱

➡ 嗯，很漂亮的房間。

Well, it is a lovely room.

威爾 一特 一ち A 勒夫裡 乳名

➡ 而且附有家具。

And it's furnished.

安 依次 非泥需的

➡ 有附家具嗎？

Is it furnished?

一ㄎ一特 非泥需的

➡ 沒有附家具。

It's unfurnished.

依次 尤非泥需的

➡ 這間房子有多大？

How big is this house?

好 逼個 一ㄅ利斯 號斯

➡ 我非常喜歡。

I like it very much.

愛 賴克一特 肥瑞 罵區

➡ 嗯，我要想一想。

Well, I have to think about it.

威爾愛 黑夫 兔 施恩克 世保特 一特

➡ 這裡很安靜。

It's quiet here.

依次 拐世特 厂一偏

Unit 11 決定要租房子

➡ 我要租。

I will take it.

愛 我 坦克一特

➡ 我要簽租約嗎？

Do I have to sign a lease?

賭 愛 黑夫 兔 塞 A 利斯

➡ 租約要多久？

How long is the lease going to be?

好 龍 一ㄣ 勒 利斯 勾引 兔 逼

➡ 我什麼時候可以搬進去？

When can I move in?

昏 肯 愛 木副 印

➡ 我下星期可以搬進去嗎？

May I move in next week?

美 愛 木副 印 耐司特 屋一克

➡ 我現在可以承租嗎？

Can I rent it now?

肯 愛 潤特一特 惱

➡ 我什麼時候要給你房租？

When should I give you the rent?

昏 秀得 愛 寄 優 勒 潤特

➠ 我可以今年九月承租嗎？

Can I rent it this September?

肯 愛 潤特一特利斯　塞配天背

➠ 我可以從三月二日開始承租嗎？

Can I rent it from March second?

肯 愛 潤特一特 防　馬區　誰肯

➠ 我支票要開給誰？

Whom should I write the check to?

手門　秀得 愛瑞特 勒　切客 兔

➠ 我必須要簽一年合約嗎？

Do I have to sign for a one-year term?

賭 愛 黑夫 兔 塞恩 佛 亡 萬 一耳 疼

5

交通

Unit 1 搭車時間

➠ 這一趟車程要多久？

How long is the ride?
好　龍　一ㄅ 勒 軟的

➠ 到那裡要多久的時間？

How long does it take to get there?
好　龍　得斯一特 坦克兔 給特 淚兒

● 你也可以這麼說 ●

★ 到那裡要多久？

How long before we're there?
好　龍　必佛　屋阿 淚兒

➠ 車程要很長的時間嗎？

Is it a long ride?
一ㄅ一特 A 龍　軟的

➠ 大概需要 20 分鐘。

It will take about twenty minutes.
一特我　坦克 世保特　湍踢　密逆斯

➠ 我什麼時候可以到台北？

When will I reach Taipei?
昏　我 愛 瑞區　台北

➠ 大概下午五點鐘。

About five PM.

世保特 肥福 PM

➠ 我不介意要卅分鐘的通勤時間。

I don't mind a 30-minute commute.

愛動特 麥得 さ 捨替咪逆特 卡謬特

➠ 從這裡算起，走路大約要花五鐘。

It's five minutes' walk from here.

依次 肥福 咪逆疵 臥克 防 ㄏㄧ俑

Unit ② 搭公車

➠ 從這裡我應該搭哪一部公車去台北？

Which bus could I get on to Taipei?

會區 巴士 苦 愛給特 忘 兔 台北

➠ 你可以搭 1 號或 2 號公車

You can take number one or number two.

優 肯 坦克 拿波 萬 歐 拿波 凸

➠ 我要買一張到台北的車票。

I'd like to buy a ticket to Taipei, please.

愛的 賴克 兔 百 A 踢雞特兔 台北 普利斯

➠ 公車什麼時候開？

When will the bus depart?

昏 我 勒 巴士 低怕的

➠ 九點開車。

It starts out at nine.

一特 司打斯 四特 ㄟ 耐

➠ 從這裡到台北要幾站？

How many stops is it to Taipei?

好 沒泥 司踏不斯 一ㄏ一特兔 台北

➠ 大概要六或七站。

It's about six or seven stops.

依次 ㄝ保特 細伊斯 歐 塞門 司踏不斯

➡ 坐公車要多久的時間？

How long does this bus trip take?
好　龍　得斯　利斯巴士 初一波 坦克

➡ 我應該在哪一站下車？

Which stop can I get off the bus?
會區　司踏不　肯　愛　給特歐夫 勒 巴士

➡ 你可以在台北醫院下車。

You can get off at Taipei Hospital.
優　肯　給特歐夫　ㄟ　台北　哈斯批透

➡ 這班公車有到台北車站嗎？

Does this bus go to Taipei Station?
得斯　利斯巴士 購 兔　台北　司得訓

●你也可以這麼說●

★ 這班公車有在台北車站停站嗎？

Does the bus stop at Taipei Station?
得斯　勒 巴士 司踏不 ㄟ 台北　司得訓

★ 這是去台北車站的公車嗎？

Is this the right bus to Taipei Station?
一ㄎ利斯　勒　軟特 巴士 兔　台北　司得訓

➡ 我要在哪裡下車？

Where can I get off?
灰耳　肯　愛 給特 歐夫

Unit ③ 地鐵、火車

➠ 我應該到哪裡搭火車？

Where should I get the train?
灰耳　秀得　愛　給特　勒　春安

➠ 我要如何搭火車？

How should I get the train?
好　　秀得　愛　給特　勒　春安？

➠ 你能告訴我去台北最好的路線嗎？

Can you tell me the best way to Taipei?
肯　優　太耳　密　勒　貝斯特　位　兔　台北

➠ 我要去台北應該搭哪一班列車？

Which train can I take to Taipei?
會區　春安　肯　愛　坦克　兔　台北

➠ 我要怎麼去台北？

How do I get to Taipei?
好　賭　愛　給特　兔　台北

➠ 我應該搭哪一線去台北？

Which line should I take for Taipei?
會區　來恩　秀得　愛　坦克　佛　台北

➠ 我應該走哪個方向？

Which way should I go?
會區　位　秀得　愛　購

❶
❸
❹

➊
➌
➎

➠ 在哪一個月台？

Which platform is it on?
會區　鋪來特佛　一ㄎ一特忘

➠ 走樓梯下去。

Go down the stairs.
購　黨　勒　斯得爾斯

● 你也可以這麼說 ●

★只要走下樓梯就可以。

Just go down those steps.
賈斯特　購　黨　肉絲　斯得ㄆ斯

➠ 只要去搭電梯就可以。

Just take the escalator.
賈斯特 坦克 勒 哎斯克萊特

➠ 你可以查在那裡的地鐵圖。

You can check the subway map over there.
優　肯　切客　勒　薩波位媽ㄆ　歐佛 淚兒

Unit 4 計程車

➠ 我可以在哪裡叫到計程車？

Where can I take a taxi?
灰耳　肯　愛坦克 A 胎克司司

➠ 左轉你就會看到計程車招呼站。

Turn left and you will see the taxi station.
躺 賴夫特　安　優　我　吸 勒 胎克司 司得訓

➠ 我要到台北車站。（告訴計程車司機）

Taipei Station, please.
台北　司得訓　普利斯

➠ 你可以在十分鐘內送我到台北嗎？

Can you get me to Taipei in ten minutes?
肯 優 給特密 兔 台北　引 天 密逆斯

➠ 我要在五點前到那裡。

I have to be there by five o'clock.
愛黑夫 兔 逼　淚兒 百 肥福 A 克拉克

➠ 我要趕五點的火車。

I have to catch a five o'clock train.
愛黑夫 兔 端 A 肥福 A 克拉克 春安

➠ 只要交通號誌順利，我們可以到得了。

We will make it if the lights are with us.
屋依 我　妹克 一特 一幅勒 賴資 阿 位斯 二斯

➠ 我們到了。

Here we are.
ㄏ一爾 屋依 阿

➠ 總共 100 元。

That's one hundred dollars.
類次　萬　　哼濁爾　搭樂斯

➠ 錢在這裡。

Here you are.
ㄏ一爾 優　阿

➠ 零錢不用找了。

Keep the change.
機舖　勒　勸居

Unit 5 方位

➡ 哪裡可以買車票？

Where can I buy the tickets?
灰耳　肯　愛　百　勒　踢難斯

➡ 你可以告訴我如何去那裡嗎？

Would you show me how to get there?
屋揪兒　秀　密　好　兔給特涙兒

➡ 右轉你就會看到。

Turn right and you will see it.
躺　軟特　安　優　我　吸一特

➡ 左轉再直走。

Turn left and go straight ahead.
躺　賴夫特　安　購　斯踹特　耳黑

➡ 在你的右手邊。

On your right-hand side.
忘　幼兒　軟特　和的　塞得

●你也可以這麼說●

★在你的左手邊。

On your left-hand side.
忘　幼兒　賴夫特　和的　塞得

➠ 這是去台北車站的公車嗎？

Is this bus for Taipei Station?
一ㄣ利斯巴士佛　台北　司得訓

●你也可以這麼說●

···· ★這路公車有到台北車站嗎？

Does this bus go to Taipei Station?
得斯　利斯巴士購　兔　台北　司得訓

···· ★這是到台北車站的公車嗎？

Is this the right bus for Taipei Station?
一ㄣ利斯　勒　軟特　巴士佛　台北　司得訓

Unit 6 路程

➠ 我被堵在車陣中。

I was tied up in traffic.
愛 瓦雕 太的 阿鋪 引 喘非克

● 你也可以這麼說 ●

★ 我被塞在車陣中。

I was stuck in traffic.
哎瓦雕 斯大客 引 喘非克

➠ 我因為交通阻塞而遲到。

I am late because of the traffic jam.
愛 M 淚 逼寇司 歐夫 勒 喘非克 杰母

➠ 我們剛錯過了交流道了。

We just missed the exit!
屋依 賈斯特 密斯特 勒 一口特

➠ 你能把汽車開得再快些嗎？

Could you make the car go faster?
苦揪兒 妹克 勒 卡 購 非斯特耳

➠ 離這裡有多遠？

How far is it from here?
好 罰一ㄘ一特 防 厂一兒

➠ 路途很遠。

It's quite far away.
依次 魁特 罰 世位

➠ 大約有五公里。

It's about five miles.
依次 世保特 肥幅 賣兒司

➠ 我們離西雅圖有多近？

How close are we to Seattle?
好 克樓斯 阿 屋依兔 西雅圖

➠ 距離銀行很近。

It's close to the bank.
依次 克樓斯 兔 勒 半課

Unit 7 迷路

➠ 你走錯路了。

You are going the wrong way.
優 阿 勾引 勒 弄 位

➠ 我迷路了。

I am lost.
愛 M 肉絲特

● 你也可以這麼說 ●

★ 我不知道身在何處。

I don't know where I am.
哎 動特 弄 灰耳 哎 M

➠ 你能告訴我如何去台北嗎？

Would you tell me how to go to Taipei?
屋揪兒 太耳 密 好 兔購兔 台北

➠ 你可以搭 1 號公車。

You can take the number one bus.
優 肯 坦克 勒 拿波 萬 巴士

➠ 車站附近明顯的建築物是什麼？

What are the landmarks around the station?
華特 阿 勒 難的馬克斯 婀壯 勒 司得訓

➠ 我不知道怎麼去那兒。

I don't know how to get there.
愛 動特　弄　好 免 給特 淚兒

➠ 這是哪一條街？

What street is it?
華特　斯吹特 一ㄜ 一特

Unit 8 開車

➠ 我明天會去接我的女朋友。

I will pick my girlfriend up tomorrow.

愛我 批克 買 哥樓副蘭得 阿鋪 特媽樓

➠ 我會去機場接機。

I will meet you at the airport.

愛我 密特 優 ㄟ 勒 ㄟ婆特

➠ 我應該要開車送我弟弟回家。

I should drive my younger brother home.

愛秀得 拽 買 羊葛 不阿得兒 厚

➠ 你能不能載我去那邊？

Can you get me out there?

肯 優 給特密 凹特 淚兒

➠ 你需不需要我載你啊？

Do you need a ride?

賭 優 尼的 A 軟的

➠ 我們可以共乘一輛車！

We can carpool.

屋依 肯 卡鋪兒

➠ 讓我在車站下車。

You can drop me off around the station.

優 肯 抓 密 歐夫 婀壯 勒 司得訓

❶
❹
❺

➠ 你開太快了。

You drive too fast.
優　踐　兔　非斯特

➠ 他因為長途駕駛而疲勞。

He's tired from this long drive.
ㄏㄧㄢ太兒的　防　利斯　龍　踐

➠ 我的車出了一點問題。

There is something wrong with my car.
涙兒　一ㄢ　桑性　弄　位斯　買　卡

➠ 我的車就是發不動。

My car won't start.
買　卡　甕　司打

➠ 我們的車爆胎了。

We have a flat tire here.
屋依　黑夫　A富來特　太　ㄏㄧ偏

➠ 我把自己關在車外了。

I locked myself out.
愛　辣　課特　買塞兒夫　四特

6

休閒生活

Unit 1 看電視

➡ 你們在看什麼？

What are you watching?
華特 阿 優 襪區引

➡ 我們正在看電視。

We are watching television.
屋依 阿 襪區引 太勒密駿

➡ 今晚演什麼？

What is on tonight?
華特 一ㄅ忘 特耐

➡ 正在演「六人行」

"Friends" is on.
副蘭斯 一ㄅ忘

➡ 你看太多電視了。

You watch too much television.
優 襪區 兔 馬區 太勒密駿

➡ 你這個沙發馬鈴薯！(比喻老是在看電視的人)

You couch potato!
優 考區 波特多

➡ 我們看電視吧！

Let's watch TV.
辣資 襪區 踢非

➠ 能不能不要老是轉台啊?

Could you stop switching the channels?
苦揪兒 司踏不 思物區引 勒 陳弄斯

● 你也可以這麼說 ●

···· ★ 不要一直轉台。

Stop switching channels.
司踏不 思物區引 陳弄斯

➠ 能不能把音量調大聲一點?

Could you turn it up?
苦揪兒 疼 一特 阿鋪

➠ 能不能把音量調小聲一點?

Could you turn it down?
苦揪兒 疼 一特 黨

➠ 這個頻道收訊不良。

This channel has poor reception.
利斯 春挪 黑資 鋪屋 蕊塞尋

Unit ② 看電影

➠ 在哪裡上映？

Where is it showing?
灰耳 一ㄊ一特 秀引

➠ 這部片子由誰主演？

Who is starring in the movie?
乎 一ㄊ 司打因 引 勒 母米

➠ 有誰演出？

Who is in it?
乎 一ㄊ 引 一特

➠ 導演是誰？

Who is the director?
乎 一ㄊ 勒 得瑞特爾

➠ 想不想一起去看電影？

Would you like to go to see a movie?
屋揪兒 賴克兔 購兔 吸 A 母米

➠ 你想看什麼電影？

What movie do you want to see?
華特 母米 賭 優 忘特 兔 吸

➠ 我想看「哈利波特」。

I want to see "Harry Potter."
愛忘特 兔 吸 哈利 波特

➡ 幾點開始演？

What time will it start?

華特 太ㄇ 我一特 司打

➡ 二點開始演。

It starts at two.

一特 司打斯 ㄟ 凸

➡ 幾點結束？

What time will it end?

華特 太ㄇ 我一特 安的

➡ 這是什麼類型的電影？

What kind of movie is it?

華特 砍特 歐夫 母米一ㄘ 一特

➡ 這是動作片。

It's an action movie.

依次 恩 哎訓 母米

➡ 這是喜劇片。

It's a comedy.

依次 A 康米地

Unit 3 閱讀

➡ 你在看什麼書?

What are you reading?
華特 阿 優 瑞丁

➡ 我在看「哈利波特」。

I am reading "Harry Potter."
愛 M 瑞丁 哈利 怕特

➡ 這是什麼樣的故事?

What is the story?
華特一ㄎ勒 斯兜瑞

➡ 這是有關一個男孩和他的魔法冒險故事。

It's about a boy and his magic adventures.
依次世保特 A 伯乙 安 ㄏ一斯 麻居克 阿得凡丘斯

➡ 你覺得這本書如何?

How do you like it?
好 賭 優 賴克一特

➡ 太刺激了!

It's exciting.
依次 一賽聽

➡ 太無聊了!

It's boring.
依次 波瑞印

➡ 我不喜歡它。

I don't like it.

愛 動特 賴克 一特

➡ 我愛不釋手。

I couldn't put it down.

愛 庫鄧 鋪一特 黨

➡ 你最喜歡哪一本書？

What is your favorite book?

華特 一ㄘ 幼兒 肥佛瑞特 不克

➡ 我喜歡看連環漫畫。

I enjoy reading comic strips.

愛 因九引 瑞丁 咖米 斯出一ㄆ斯

Unit 4 旅行

➠ 我要去台北旅遊。(指可以當天來回的短期旅遊)

I am taking a trip to Taipei.
哀M 坦克因 A初一波兔 台北

➠ 我想要環遊世界旅行。

I want to travel around the world.
愛忘特 兔 吹佛 婀壯 勒 臥得

➠ 我去過法國兩次。

I have been to France twice.
愛黑夫 冰 兔 法蘭斯 瑞司

➠ 我從來沒去過美國。

I have never been to the U.S.A
哀黑夫 耐摩 兵 兔勒 USA

➠ 我下星期一要去日本旅行。

I will take a trip to Japan next Monday.
愛我 坦克 A初一波兔假潘 耐司特 慢得

➠ 你要在日本停留多久？

How long will you stay in Japan?
好 龍 我 優 斯得 引 假潘

➠ 我計劃在那裡停留二個星期。

I plan to stay there for two weeks.
愛不蘭 兔 斯得 淚兒 佛 凸 屋一克斯

➡ 你這次來訪的目的是什麼？

What is the purpose of your visit?
華特 一ㄐ 勒　波婆斯 歐夫 幼兒 密Ｚ特

➡ 我是為了觀光。

I am here for sightseeing.
愛Ｍ　ㄏ一兩 佛　塞吸引

● 你也可以這麼說 ●

★ 我是出公差。

I am here for business.
哎Ｍ　ㄏ一兩 佛　逼斯泥斯

➡ 我來這裡拜訪朋友。

I am here to visit my friends.
愛Ｍ　ㄏ一兩 兔 密Ｚ特 買　副蘭斯

➡ 我要去拜訪我的阿姨。

I am going to visit my aunt.
愛Ｍ　勾引 兔 密Ｚ特 買　案特

Unit 5 宴會

➡ 不錯的宴會，是吧？

Nice party, isn't it?
耐斯 趴提 一忍 一特

➡ 我們今晚要去聽音樂會。

We are going to a concert tonight.
屋依 阿 勾引 兔 A 康色特 特耐

➡ 我被邀請去參加好朋友的宴會。

I am invited to my best friend's party.
愛 M 印賣提特 兔 買 貝斯特 副蘭斯 趴提

➡ 我可以和你跳舞嗎？

May I dance with you?
美 愛 登斯 位斯 優

➡ 我不知道怎麼跳舞。

I don't know how to dance.
愛 動特 弄 好 兔 登斯

➡ 你能教我跳舞嗎？

Could you teach me how to dance?
屋揪兒 替去 密 好 兔 登斯

➡ 你認識瑪麗身旁那個女孩嗎？

Do you know the girl next to Mary?
賭 優 弄 勒 哥樓 耐司特兔 瑪麗

➡ 好好玩！

Have fun!

　黑夫　放

➡ 今天玩得高興嗎？

Did you have a good time today?

低　優　黑夫 A 估的　太ㄇ　特得

➡ 我們玩得很盡興。

We had a good time.

屋依黑的 A 估的　太ㄇ

➡ 我送你出去。

I will walk you out.

愛我　臥克　優　凹特

➡ 你真是掃興。

You are a party pooper.

優　阿 A 趴踢　鋪屋兒

Unit 6 運動

➡ 你最喜歡的運動是什麼？

What is your favorite sport?
華特 依斯 幼兒 肥佛瑞特 斯破特

➡ 你喜歡什麼運動？

What sports do you like to play?
華特 斯破特斯賭　優 賴克 兔 舖淚

➡ 你喜歡跑步嗎？

Would you like to go running?
屋揪兒 賴克 兔 購 日忘印

➡ 想不想去騎腳踏車？

How about going for a bike ride?
好　也保特 勾引 佛 A 拜客 軟的

➡ 我們去打網球吧！

Let's go play tennis.
辣資 購 舖淚 天尼斯

➡ 我真的很喜歡打保齡球。

I really enjoy bowling.
愛 瑞兒裡 因九引　保齡

➡ 我擅長游泳。

I am good at swimming.
愛 M 估的 ㄟ 斯威名

➠ 我喜歡在週末打高爾夫球。

I enjoy playing golf during the weekend.
愛 因九引 舖淚銀 高夫 丟引 勒 屋一肯特

➠ 我從來沒有打過棒球。

I have never played baseball before.
愛 黑夫 耐摩 舖淚的 貝斯伯 必佛

➠ 我每隔一天游泳一次。

I go swimming every other day.
愛購 斯威名 世肥瑞 阿樂 得

➠ 我每天都會溜狗。

I walk my dog every day.
愛臥克 買 鬥個 世肥瑞 得

➠ 你應該多做運動。

You should get more exercise.
優 秀得 給特 摩爾 也色賽斯

➠ 我喜歡和朋友打網球。

I like playing tennis with my friends.
愛 賴克 舖淚銀 天尼斯 位斯 買 副蘭斯

➠ 你想不想去作運動啊？

Do you like to exercise?
賭 優 賴克 兔 也色賽斯

➠ 你有在健身嗎？

Do you work out?
賭 優 臥克 凹特

⑦

建立關係

Unit 1 讚美

➠ 很好。

Good.

估的

● 你也可以這麼說 ●

★ 很好。

Very good.

肥瑞 估的

★ 做得好。

Nice job.

耐斯 假伯

★ 做得好。

Well done.

威爾 檔

➠ 做得好，小子。

Well done, son.

威爾 檔 桑

➠ 太棒了。

Excellent.

ㄟ色勒特

➠ 我以你為榮。

I am proud of you.
愛 M 撲勞的 歐夫 優

●你也可以這麼說●

★ 我非常以你為榮。

I am so proud of you.
哎 M 蒐 撲勞的 歐夫 優

➠ 了不起。
All right.
歐 軟特

➠ 你很棒。
You are so great.
優 阿 蒐 鬼雷特

➠ 她真美。
She is gorgeous.
需 一ㄅ 果揪斯

➠ 不錯嘛！
Not bad!
那 貝特

➠ 好小子！
Good boy!
估的 伯乙

➠ 真可愛！
So cute.
蒐 Q特

Unit ② 道賀

⇒ 恭禧！

Congratulations.
康鬼居勒訓斯

⇒ 祝賀你升遷！

Congratulations on your promotion!
康鬼居勒訓斯　忘幼兒　婆磨訓

⇒ 你非常的棒。

You are so wonderful.
優　阿蒐　王得佛

⇒ 你表現得很棒。

You are doing great.
優　阿　督引　鬼雷特

⇒ 你真是厲害。／真了不起。

You are really something.
優　阿　瑞兒裡　桑性

⇒ 你進步很多。

You are making progress.
優　阿　妹青　婆鬼斯

⇒ 真是完美的事。

What a wonderful thing.
華特　A　王得佛　性

➠ 你看起來氣色不錯。

You look great.

優　路克　鬼雷特

➠ 你應得的。

You deserve it.

優　弟惹夫一特

➠ 你真了不起。

You are a real man.

優　阿　A　瑞兒　賣世

➠ 對你來說是好事。

It's good for you.

依次　估的　佛　優

➠ 真高興聽見這件事。

Good to hear that.

估的　兔　ㄏㄧ偏　類

●你也可以這麼說●

‥‥‥ ★我很高興聽見這件事。

I am so glad to hear that.

哎　M　蒐　葛雷得　兔　ㄏㄧ偏　類

Unit 3 安慰

➠ 看開一點。

Don't take it so hard.
動特 坦克一特 蒐 哈得

➠ 凡事都會沒問題的。

Everything will be fine.
愛複瑞性 我 逼 凡

➠ 你會沒事的。

You will be fine.
優 我 逼 凡

➠ 你會熬過的。

You will get through it.
優 我 給特 輸入 一特

➠ 事情很快就會過去的。

It's going to be over soon.
依次 勾引 兔 逼 歐佛 訓

➠ 我很遺憾聽到這件事。

I am sorry to hear that.
愛M 蒐瑞 兔 厂一爾 類

➠ 別擔心。

Don't worry.
動特 窩瑞

➧ 太糟糕了！

That's too bad.
類次　兔　貝特

➧ 真是可惜！

What a pity.
華特　A 批替

➧ 抱歉。(聽見不幸的消息時使用。)

Sorry.
蒐瑞

➧ 太可怕了！

That's terrible.
類次　太蘿蔔

➧ 這是難免的。

It happens.
一特 黑噴斯

● 你也可以這麼說 ●

······ ★ 這種事老是發生。

It happens all the time.
一特 黑噴斯　歐　勒　太ㄇ

➧ 這對你來說一定很難熬。

It must be tough for you.
一特 妹司特　逼　踏夫　佛　優

Unit ④ 同情

➠ 喔，可憐的人。

Oh, poor baby!
喔 鋪屋 卑疵

➠ 我瞭解你的感受。

I know how you feel.
愛 弄 好 優 非兒

➠ 我為你感到遺憾！

I am really sorry for you.
愛M 瑞兒裡 蒐瑞 佛 優

➠ 不要這麼難過。

Don't be so sad.
動特 逼 蒐 塞的

➠ 真是令人感到難過。

So sad.
蒐 塞的

●你也可以這麼說●

★真是悲哀！

It's pathetic.
依次 ㄆ捨踢嗑

➡ 不要在意！

Never mind.
　耐摩　參得

➡ 不要責備你自己。

Don't blame yourself.
　動特　不藍　幼兒塞兒夫

➡ 這不是你的錯。

It's not your fault.
　依次　那　幼兒　佛特

➡ 沒有必要這麼說。

There is no need to say that.
　淚兒一ㄥ弄　尼的　兔　塞　類

➡ 不可能吧！

It can't be！
　一特 肯特 逼！

➡ 不可能是真的吧！

It can't be true.
　一特 肯特 逼　楚

➡ 沒什麼大不了的。

No big deal.
　弄　逼個　低兒

➡ 事情總會解決的。

It will work out.
　一特我　臥克　四特

Unit ⑤ 人際關係

➡ 你想要和我一起去嗎？

Would you like to go with me?
屋　優　賴克兔購　位斯　密

➡ 她已經告訴我了。

She told me already.
需　透得　密　歐瑞底

➡ 相信我！

Believe me.
逼力福　密

➡ 你相不相信我？

Do you believe me or not?
賭　優　逼力福　密　歐　那

➡ 這是我們之間的秘密。

It's a secret between us.
依次A西鬼特　逼吹　二斯

➡ 我不會洩密的！

I won't spill the beans.
愛　甕　西皮爾　勒　冰斯

➡ 你不可以告訴任何人。

You can't tell anybody.
優　肯特　太耳　安尼八弟

➠ 為什麼你就不能相信我一次？

Why don't you believe me for once?
壞　動特　優　逼力福　密　佛　萬斯

➠ 我沒聽懂，你說什麼？

Come again?
康　　ㄟ乾

➠ 你說什麼？

Excuse me?
一克斯Q斯　密

● 你也可以這麼說 ●

★ 請再說一遍！

Pardon?
怕等

★ 再說一遍？

Say again?
塞　ㄟ乾

★ 你剛剛說什麼？

What did you just say?
華特　低　優 賈斯特 塞

➠ 他們常混在一起。

They hang out a lot.
勒　　和　凹特 A 落的

➠ 得了吧！

Come on.
康　忘

➠ 我說錯話了嗎？

Did I say something wrong?
低　愛塞　桑性　　弄

➠ 請容我們先離席。

Will you excuse us？
我　優　一克斯Q斯　二斯

➠ 還是朋友嗎？(曾有衝突的兩人為打破沈默的開場白)

Friends?
副蘭得斯

➠ 我們是最好的朋友。

We are best friends.
屋依　阿　貝斯特　副蘭得斯

➠ 給我擁抱一下。(表示安慰的意思。)

Give me a hug.
寄　密　A哈格

➠ 我可以自己處理這件事。

I can take care of it by myself.
愛肯坦克卡耳歐夫一特 百 買塞兒夫

➠ 我很依賴你。

I count on you very much.
愛考特　忘　優　肥瑞　罵區

➠ 我們依賴你來解決這件事。

We are counting on you to solve it.
屋依 阿　考聽　忘 優　兔殺夫 一特

➠ 我告訴你喔！

I tell you what.
愛 太耳 優　華特

➠ 要視情況而定。

It depends on the situation.
一特 低盤斯　忘 勒 西揪ㄟ訓

➠ 看情形。

It depends.
一特 低盤斯

➠ 我們有空聚一聚吧！

Let's get together sometime.
辣資 給特 特給樂 桑太門

➠ 我們應該更常聚會。

We should get together more often.
屋依 秀得 給特 特給樂 摩爾 歐夫天

➠ 我沒意見。

That's fine by me.
類次 凡 百 密

➠ 我們可以作得更好。

We can do even better.
屋依 肯 賭 依悶 杯特

➠ 他很無趣。

He is lame.
ㄏ一一ㄣ 爛悶

➠ 我希望我也能去。

I wish I could go too.
愛胃虛愛 苦 購 兔

➠ 我真高興問題已結束。

I am glad that problem is over.
愛 M 葛雷得 類 撲拉本 一ㄣ 歐佛

➠ 我到處找你！

I have been looking all over for you!
愛黑夫 兵 路克引 歐 歐佛 佛 優

➠ 這一點都不好笑。

It was not funny.
一特瓦雌那 放泥

➠ 什麼事？／怎麼了？

What's up?
華資 阿鋪

➠ 你要去哪啊？

Where are you going?
灰耳 阿 優 勾引

➠ 你有口臭。

You have bad breath.
優 黑夫 貝特 不理詩

➠ 他的話我一句也不信。

I don't believe a single word he says.
愛 動特 逼力福 セ 心夠 臥的 ㄏ一 塞斯

➠ 我相信你。

I trust you.
愛 差司特 優

● 你也可以這麼說 ●

★ 我信任你。
I believe in you.
哎 逼力福 引 優

Unit ⑥ 愛的告白

➡ 情人節快樂！

Happy Valentine's Day!
黑皮　　肥藍泰斯　得

➡ 也祝你情人節快樂！

Happy Valentine's Day to you, too!
黑皮　　肥藍泰斯　得　兔　優　兔

➡ 你願意做我的情人嗎？

Would you be my valentine?
屋　　優　逼　買　勒肥兒

➡ 我情不自禁愛上他／她。

I can't help falling in love with him/her.
愛 肯特 黑耳ㄆ 佛理因 引 勒夫 位斯 橫　喝

➡ 我對你非常地著迷。

I am all over you.
愛 M 歐 歐佛　優

➡ 我將夢見你。

I will dream about you.
愛 我　住密　世保特　優

➡ 我愛上你了。

I am falling in love with you.
愛 M 佛理因 引 勒夫 位斯 優

➠ 我時時刻刻都在思念你。

I miss you all the time.
愛密斯 優 歐 勒 太ㄇ

➠ 我為你瘋狂。

I am crazy about you.
愛M 廚理 せ保特 優

➠ 我渴望和你上床。

I desire you.
愛 低染兒 優

➠ 這是一見鍾情。

It was love at first sight.
一特 瓦雌 勒夫ㄟ 福斯特 塞特

➠ 你相信一見鍾情嗎？

Do you believe in love at first sight?
賭 優 逼力福 引 勒夫ㄟ 福斯特 塞特

Unit 7 男女之間

➡ 我愛你。

I love you.
愛 勒夫 優

➡ 她總是拒絕我。

She always turns me down.
需 歐維斯 疼斯 密 黨

➡ 我跟湯姆今晚有個約會。

Tom and I are going to have a date tonight.
湯姆 安 愛阿 勾引 兔 黑夫 A 得特 兔耐特

➡ 湯姆約我出去。

Tom asked me out.
湯姆 愛斯克特 密 凹特

➡ 他居然約我出去，真是詭異。

It's weird that he asked me out.
依次 銀兒的 類 厂一 愛斯克特 密 凹特

➡ 我們經常約會。

We have been dating a lot.
屋依 黑夫 兵 得聽 A 落的

➡ 我們開始約會。

We started seeing each other.
屋依 司打的 吸引 一區 阿樂

1
7
8

➠ 我已經和另一個女孩約會了。

I am dating another girl.
愛 M　得聽　ㄟ哪耳　哥樓

➠ 我會找到我的真命天子。

I am going to find my Mr. Right.
愛 M　勾引　兔　煩的　買　密斯特　軟特

➠ 他是調情高手。

He is a flirt.
ㄏㄧㄗ A 福樂特

➠ 真貼心。

That's sweet.
類次　司威特

➠ 你是個會說甜言蜜語的人。

You are a sweet talker.
優　阿　ㄛ 司威特　透克耳

➠ 他昨晚放我鴿子。

He stood me up last night.
ㄏㄧ 史督　密　阿鋪 賴斯特 耐特

Unit 8 交往

➡ 你有和別人在交往嗎？

Are you seeing someone else?
阿　優　吸引　桑萬　愛耳司

● 你也可以這麼說 ●

★ 你是不是正和某人在約會？

Are you seeing someone?
阿　優　吸引　桑萬

★ 你們是不是在交往？

Are you dating?
阿　優　得聽

★ 你們是一對的嗎？

Are you going out with him?
阿　優　勾引　四特　位斯　橫

➡ 你們是認真（交往）的嗎？

Are you both serious?
阿　優　伯司　西瑞耳司

➡ 我們是認真交往的。

We are serious about our relationship.
屋依　阿　西瑞耳司　世保特　凹兒　瑞淚訓西撲

➡ 我們決定繼續交往。

We decided to stay together.
屋依 低賽的 兔 斯得 特給樂

➡ 我們交往六個月了。

We've been going out for six months.
屋依夫 冰 勾引 四特 佛 細伊斯 忙ㄤ

➡ 我們在一起二年了。

We have been together for two years.
屋依黑夫 兵 特給樂 佛 凸 一耳斯

➡ 他不想要給承諾。

He didn't want to make a commitment.
厂一 低等 忘特 兔 妹克 A 康密特悶特

➡ 他害怕給承諾。

He is afraid of making a commitment.
厂一一ㄅ 哎福瑞特 歐夫 妹青 A 康密特悶特

➡ 他還不想定下來。

He doesn't want to go steady.
厂一 得任 忘特 兔 購 斯得低

Unit 9 求婚

➡ 你願意和我結婚嗎？

Will you marry me?
　我　優　妹入　密

● 你也可以這麼說 ●

★ 和我結婚吧！

Marry me.
妹入　密

★ 你願意和我結婚嗎？

Would you marry me?
屋　優　　妹入　密

➡ 你願意成為我的妻子嗎？

Will you be my wife?
我　優　逼　買　我愛夫

➡ 我願意（嫁你）。

I do.
愛　賭

➡ 我們先訂婚吧！

Let's get engaged first.
辣資　給特　引給居的　福斯特

➠ 你向她求婚了嗎？

Have you proposed to her?

黑夫　優　破不撕的　兔　喝

➠ 我沒有求婚。

I didn't propose.

愛　低等　破不撕

➠ 我沒有向你求婚。

I didn't propose to you.

愛　低等　破不撕　兔　優

➠ 你是我的最愛。

You are my endless love.

優　阿買　安的力斯　勒夫

Unit 10 禮儀

➡ 沒有冒犯的意思。

No offense.
弄 歐凡絲

➡ 我的榮幸。

It's my pleasure.
依次 買 舖來揪

➡ 您先請。

After you.
世副特 優

➡ 請注意！

Attention, please.
世天訓 普利斯

● 你也可以這麼說 ●

★ 請你們注意聽！

Your attention, please.
幼兒 世天訓 普利斯

★ 各位能注意聽嗎？

May I have your attention?
美 哎 黑夫 幼兒 世天訓

➡ 規矩點！

Behave yourself!
逼黑夫 幼兒塞兒夫

➡ 安靜！

Be quiet.
逼 拐世特

➡ 閉嘴！

Shut up.
下特 阿鋪

➡ 我請客。

Be my guest.
逼 買 蓋絲特

➡ 我請你。

I will treat you.
愛我 楚一特 優

➡ 別孩子氣了。

Act your age.
A特 幼兒 A居

➡ 成熟點吧！

Grow up.
萬羅 阿鋪

Unit 1 祝福

➡ 上帝保佑你！

God bless you.
咖的 不來絲 優

➡ 祝你好運。

Good luck to you.
估的 辣克 兔 優

● 你也可以這麼說 ●

★（祝你）好運。

Good luck.
估的 辣克

➡ 祝你有愉快的一天！

Have a good day.
黑夫 A 估的 得

➡ 好好玩！

Have fun.
黑夫 放

➡ 為大衛乾杯！

Let's make a toast to David.
辣資 妹克 A 頭司特 兔 大衛

186

➠ 乾杯！

Cheers!
起兒斯

➠ 我為你感到高興。

I am happy for you.
愛 M 黑皮 佛 優

➠ 請代我向你的父母問好。

Please give my best to your parents.
普利斯 寄 買 貝斯特兔 幼兒 配潤斯

➠ 聖誕快樂！

Merry Christmas!
沒若 苦李斯悶斯

● 你也可以這麼說 ●

···· ★ 祝大家耶誕快樂。

I wish you a Merry Christmas.
哎 胃虛 優 A 沒若 苦李斯悶斯

➠ 你這個幸運兒。

You lucky dog.
優 辣難 鬥個

➠ 我祝福你。

You have my blessing.
優 黑夫 買 不來絲引

8

電話用語

Unit 1 去電找人

➡ 克里斯在嗎？
Is Chris there?
一ㄅ 苦李斯 淚兒

● 你也可以這麼說 ●

★ 克里斯在嗎？
Is Chris around?
一ㄅ 苦李斯 婀壯

★ 約翰今天在嗎？
Is John in today?
一ㄅ 強 引 特得

➡ 哈囉，我能和克里斯說話嗎？
Hello, may I speak to Chris, please?
哈囉 美 愛 司批客兔 苦李斯 普利斯

● 你也可以這麼說 ●

★ 哈囉，我能和克里斯說話嗎？
Hello, can I talk to Chris, please?
哈囉 肯 哎 透克 兔 苦李斯 普利斯

➠ 約翰回來了嗎？

Is John in yet?
一ㄣ 強　引 耶踢

➠ 約翰現在在辦公室嗎裡？

Is John in the office now?
一ㄣ 強 引 勒 歐肥斯 惱

➠ 哈囉，布朗先生，約翰在家嗎？

Hello, Mr. Brown, is John at home?
哈囉 密斯特 布朗 一ㄣ 強 ㄟ 厚

➠ 我想和約翰説話。

I want to talk to John.
愛忘特 兔 透克 兔 強

● 你也可以這麼說 ●

★ 我要和約翰說話。

I would like to talk to John.
哎 屋 賴克兔 透克 兔 強

➠ 我是路克，要找約翰。

This is Luke calling for John.
利斯 一ㄣ 路克 摳林 佛 強

Unit 2 本人回答

➡ 我就是（他／她）。

This is he/she.
利斯 一ㄉ ㄏ一 需

➡ 我就是凱西。

This is Cathy.
利斯 一ㄉ 凱西

➡ 請說。

Speaking.
司批慶

➡ 我是約翰。

John here.
強 ㄏ一爾

➡ 你正和她說話。

You are talking to her.
優 阿 透ㄍ一因兔 喝

● 你也可以這麼說 ●

★ 我就是本人（男性說話者）。

You are speaking to him.
優 阿 司批慶 兔 橫

192

➡ 請説！／有事嗎？

Yes?
夜司

➡ 需要我幫忙的嗎？

May I help you?
美 愛 黑耳ㄆ 優

➡ 嗨，愛莉絲，我是約翰。

Hi, Alice. This is John.
嗨 愛麗斯 利斯 一ㄅ 強

➡ 你是誰？

Who is speaking?
乎優 一ㄅ 司批慶

Unit 3 請對方稍等

➠ 等一下。

Hold on.
厚得 忘

● 你也可以這麼說 ●

★ 請稍等。

Hold on, please.
厚得 忘 普利斯

★ 稍等。

Wait a moment.
位特 ㄜ 摩門特

★ 請等一下。

Just a minute, please.
賈斯特 A 密逆特 普利斯

★ 請等一下。

One moment, please.
萬 摩門特 普利斯

➠ 請您稍等一下。

Would you wait a moment, please?
屋揪兒 位特 A 摩門特 普利斯

➠ 請別掛斷好嗎？

Would you like to hang on?

　　屋揪兒　賴克兔　和　忘

➠ 我去叫他，請等一下。

I will get him. Hold on, please.

　愛我　給特橫　厚得　忘　普利斯

➠ 等一下，我去看他在不在。

Hold on, let me see if he is here.

　厚得　忘　勒　密　吸一幅ㄏ一　ㄘ ㄏ一爾

Unit 4 要找的人不在

⟶ 他出去了。

He is out.

ㄏㄧ一ㄅ 凹特

● 你也可以這麼說 ●

★ 他不在這裡。

He is not here.

ㄏㄧ一ㄅ 那 ㄏ一兒

★ 他剛離開座位。

He has just stepped out.

ㄏㄧ 黑資 賈斯特 斯得ㄆ的 凹特

⟶ 他不在座位上。

He is not at his desk.

ㄏㄧ一ㄅ 那 ㄟㄏㄧ斯 戴斯克

⟶ 他剛出去。

He just went out.

ㄏㄧ 賈斯特 問特 凹特

⟶ 我現在沒看見他。

I don't see him right now.

愛動特 吸 ㄏㄧ 軟特 惱

➠ 他剛剛還在這裡。

He was here a moment ago.

厂一 瓦雌 厂一爾 A 摩門特 A 購

➠ 他現在沒有空。

He is not available.

厂一 一ち 那 A 肥樂伯

➠ 他正在另一條線上（講電話）。

He is busy on another line.

厂一 一ち 逼日 忘 ㄟ哪耳 來恩

●你也可以這麼說●

★他在電話中。

He is on another line.

厂一 一ち 忘 ㄟ哪耳 來恩

➠ 他三十分鐘內會回來。

He will be back in thirty minutes.

厂一 我 逼 貝克 引 捨替 密逆特疵

➠ 你介不介意再打來？

Would you mind calling back?

屋 優 麥得 摳林 貝克

Unit ⑤ 轉接電話

➡ 能請你等一下嗎？

Would you please wait a moment?
屋揪兒　普利斯　位特ㄜ　摩門特

➡ 請稍等，我去叫他。

Wait a moment, please. I will get him.
位特ㄜ　摩門特　普利斯　愛我　給特橫

➡ 等一下，她剛好回來了。

Hold on a second. She just came back.
厚得　忘ㄜ　誰肯　需賈斯特　給悶　貝克

➡ 我幫你接過去。

I will put you through.
愛我　鋪　優　輸入

●你也可以這麼說●

★我幫你轉接電話。

I will transfer your call.
哎我　春司佛　幼兒　摳

➡ 您要等嗎？

Can you hold?
肯　優　厚得

➡ 他現在在辦公室。

He is in the office now.
ㄏㄧㄧㄓ 引 勒 歐肥斯 惱

➡ 我立刻幫您轉給他。

I will put you through to him immediately.
愛我 鋪 優 輸入 兔 橫 隱密的特裡

➡ 你要找的是哪一位大衛？

Which David do you want to talk to?
會區 大衛 賭 優 忘特 兔 透克 兔

➡ 我看看他是不是準備好要和你講話。

I will see if he is ready to talk to you.
愛我 吸 一幅 ㄏㄧㄧㄓ 瑞底 兔 透克兔 優

➡ 請稍等，我去叫她。

Hold on, please. I will get her.
厚得 忘 普利斯 愛我 給特 喝

➡ 大衛，約翰在一線。

David, John is on line one.
大衛 強 一ㄅ忘 來恩 萬

➡ 約翰想要和您說話。

John wants to speak with you.
強 忘斯 兔 司批客 位斯 優

Unit 6 留言

➡ 你知道他什麼時候會回來嗎？

Do you know when he will be back?

賭 優 弄 昏 ㄏ一 我 逼 貝克

➡ 你知道他去哪裡嗎？

Do you know where he is going?

賭 優 弄 灰耳 ㄏ一 一ㄘ 勾引

➡ 你知道我在哪裡可以聯絡上他嗎？

Do you know where I can reach him?

賭 優 弄 灰耳 愛 肯 瑞區 橫

➡ 你知道他辦公室的(電話)號碼嗎？

Do you know his office number?

賭 優 弄 ㄏ一斯 歐肥斯 拿波

➡ 我可以留言嗎？

May I leave a message?

美 愛 力夫 A 妹西居

➡ 需要我（替你）留言（給他）嗎？

May I take a message?

美 愛 坦克 A 妹西居

➡ 你要留言嗎？

Would you like to leave a message?

屋 優 賴克 免 力夫 A 妹西居

➠ 打…(電話號碼)給我。

Call me at ....
摳　密　ㄟ

➠ 打電話到辦公室給他。

Call him at work.
摳　橫　ㄟ　臥克

➠ 他的(電話)號碼是…。

His number is ....
ㄏㄧ斯　拿波　一ㄓ

➠ 有我的電話嗎？

Did I get any calls?
低　愛給特　安尼　摳斯

➠ 我要回電給他。

I have to return his call.
愛　黑夫　兔　瑞疼　ㄏㄧ斯摳

➠ 我會回電給他。

I will call him back.
愛我　摳橫　貝克

9

人際互動

Unit 1 閒談

➡ 真是太不好意思了。

This is so embarrassing.

利斯一ㄅ蒐　印趴潤斯因

➡ 這麼好笑是值得的。

It is worth a laugh.

一特一ㄅ 臥施 A 賴夫

➡ 有人告訴你這件事嗎？

Has anyone ever told you that?

黑資　安尼萬　A模　透得　優　類

➡ 我盡力了。

I have done all I can.

愛 黑夫　檔　歐愛肯

● 你也可以這麼說 ●

★ 我已經做到最好了。

I have done my best.

哎黑夫　檔　買貝斯特

➡ 我盡量。

I will try.

愛我　踹

➠ 我們成功了。

We made it.

屋依 妹得 一特

➠ 我可以作得更好。

I can do better than that.

愛 肯 賭 杯特 連 類

➠ 他們一定會愛死了。

They are going to love this.

勒 阿 勾引 兔勒夫 利斯

➠ 那本來就會發生的事。

That's what would happen.

類次 華特 屋 黑噴

➠ 你週末的計畫是什麼？

What are your plans for the weekend?

華特 阿 幼兒 不蘭斯 佛 勒 屋一肯特

➠ 我從未去過。

I have never been there.

愛黑夫 耐摩 兵 淚兒

➠ 你會輸得很慘。

You are going down.

優 阿 勾引 黨

➠ 只是好玩嘛！

Just for fun.

賈斯特 佛 放

➠ 他就是愛開我玩笑。

He likes to play jokes on me.
ㄏㄧ 賴克斯 兔 舖淚 揪克斯 忘 密

➠ 我知道你會想我。

I knew you would miss me.
愛 紐 優 屋 密斯 密

➠ 我一直在想一件事。

I have been thinking about something.
愛 黑夫 兵 施恩慶 世保特 桑性

➠ 你在找什麼？

What are you looking for?
華特 阿 優 路克引 佛

➠ 這很有趣。

That is very interesting.
類 ㄧㄉ 肥瑞 因雀斯聽

➠ 真體貼。

How thoughtful.
好 收特佛

➠ 我們快遲到了。

We are going to be late.
屋依 阿 勾引 兔 逼 淚

➠ 我還沒機會。

I didn't have a chance.
愛 低等 夫 A 券斯

➠ 我從沒想到這一點。

I have never thought of it.
愛 黑夫　耐摩　收特　歐夫一特

➠ 我不屑一顧。

I don't give a shit.
愛動特　寄 A 序特

➠ 這實在是我所能遇到最糟的情況了。

I got the short end of the stick.
愛咖　勒　秀的　安特歐夫勒私地克

➠ 你該看看自己臉上的表情。

You should have seen the look on your face.
優　秀得　黑夫　西恩　勒路克　忘幼兒費思

➠ 你的計畫是什麼？

What are your plans?
華特　阿　幼兒　不蘭斯

➠ 我下個星期天會去拜訪你。

I will call on you next Sunday.
愛我　摳　忘　優　耐司特　桑安得

➠ 他失蹤了。

He is gone.
ㄏㄧㄧㄥ　槓

➠ 他昨天晚上根本沒來。

He never made it last night.
ㄏㄧ　耐摩　妹得　一特　賴斯特　耐特

➠ 他到十點才出現。

He showed up around ten o'clock.
ㄏ一　秀的　阿鋪　婀壯　天　A克拉克

➠ 他怕會變胖。

He is afraid of getting fat.
ㄏ一ㄅ哎福瑞特　歐夫　給聽　肥特

➠ 你要怎樣來慶祝呢？

How are you going to celebrate it?
好　阿　優　勾引　兔　塞樂伯特一特

➠ 我等一下有考試。

I am going to have a test.
愛M　勾引　兔　黑夫　A太斯特

➠ 我星期五休假。

I am taking Friday off.
愛M　坦克因　富來得　歐夫

➠ 我今晚吃太飽了。

I ate too much tonight.
愛ㄟ　兔　罵區　兔耐特

➠ 今年都沒有收到罰單。

I didn't get a ticket this year.
愛低等　給特A踢雖特　利斯　一耳

➠ 真不想回去上班。

I don't want to go back to work!
愛動特　忘特　兔　購　貝克　兔　臥克

➧ 我就是不知道如何做。

I just don't know how to do it.
愛 賈斯特 動特 弄 好 兔 賭 一特

➧ 我正在忙。

I'm in the middle of something.
愛 M 引 勒 米斗 歐夫 桑性

➧ 我還在休假的心情中。

I am still in the holiday mood.
愛 M 斯提歐 引 勒 哈樂得 木的

➧ 這不是我想發展的事業。

It's not what I want for my career.
依次 那 華特 愛 忘特 佛 買 卡瑞耳

➧ 我到處找你呢！

I have been looking all over for you!
愛 黑夫 兵 路克引 歐 歐佛 佛 優

➧ 你又來了。

There you go again.
涙兒 優 購 ㄟ乾

➧ 他們累得倒頭便睡。

They flaked out.
勒 富來客的 凹特

➧ 這場比賽很爛。

This game sucks.
利斯 給姆 薩客司

➠ 你說的沒錯。

You got that right.
優 咖 類 軟特

➠ 想都別想。

Don't even think about it.
動特 依悶 施恩克 世保特 一特

➠ 他很了不起。

He is really something.
ㄏ一ㄎ 瑞兒裡 桑性

➠ 他很有成就。

He made it big.
ㄏ一 妹得 一特 逼個

➠ 我會越來越好。

I am going to be good.
愛M 勾引 兔 逼 估的

➠ 我還在學。

I am still learning.
愛M 斯提歐 冷飲

➠ 我真的不想討論這件事。

I really don't want to talk about it.
哀瑞兒裡 動特 忘特 兔 透克 世保特 一特

➠ 我們換個話題吧！

Let's change the subject.
辣資 勸居 勒 殺不潔特

➠ 真酷！

It's awesome.
依次　A 屋依桑

● 你也可以這麼說 ●

★ 酷喔！

It's so cool.
依次　蒐　酷喔

➠ 你在這裡幹嘛？

What are you doing here?
華特　阿　優　督引　ㄏㄧ爾

➠ 你會習慣它的。

You will get used to it!
優　我　給特　又司的　兔ㄧ特

Unit ② 生病時

➡ 你臉色看起來糟透了！

You look terrible.
優 路克 太蘿蔔

● 你也可以這麼說 ●

★ 你看起來臉色蒼白。

You look pale.
優 路克 派耳

★ 你的狀況看起來不太好。

You don't look very well.
優 動特 路克 肥瑞 威爾

➡ 你有什麼問題嗎？

What's wrong with you?
華資　弄　位斯 優

➡ 我覺得不舒服了。

I don't feel well.
愛 動特 非兒 威爾

➡ 我得了重感冒。

I have a bad cold.
愛 黑夫 Ａ貝特 寇得

➠ 我覺得痛。

I'm in pain.

愛門引 片

●你也可以這麼說●

★好痛。

It hurts.

一特 赫ㄘ

➠ 需要我叫救護車嗎？

Do you want me to call an ambulance?

賭 優 忘特 密 兔 摳 恩 安鋪勒斯

➠ 我需要看醫生。

I need to see a doctor.

愛尼的 兔 吸 A 搭特兒

➠ 我扭傷了。

I am injured.

愛M 引覺兒的

➠ 我扭傷手指。

I sprained my finger.

愛斯不蘭的 買 ㄈ一葛

Unit 3 關心對方健康

➡ 你臉色看起來遭透了！

You look terrible.
優　路克　太蘿蔔

➡ 你有什麼問題嗎？

What's wrong with you?
華資　弄　位斯　優

● 你也可以這麼說 ●

★ 你怎麼啦？

Something wrong with you?
桑性　　弄　位斯　優

★ 你還好吧？

Are you OK?
阿　優　OK

➡ 你現在覺得如何？

How are you feeling now?
好　阿　優　非寧　惱

➡ 你的腿還好吧？

How is your leg?
好　一ㄈ　幼兒　類格

➠ 你覺得很好嗎？

Are you feeling OK?

　阿　優　非寧　OK

➠ 我關心你的健康。

I care about your health.

愛卡耳　世保特　幼兒　害耳

Unit 4 不舒服

➡ 我覺得好累。

I feel tired.
愛 非兒 太兒的

➡ 我覺得生病了。

I feel sick.
愛 非兒 西客

➡ 我覺得很悶。

I feel stuffy.
愛 非兒 斯踏非

➡ 我想吐。

I feel like throwing up.
愛 非兒 賴克 所寧 阿鋪

➡ 我的腳好痛。

My feet are killing me.
買 ㄈ一特 阿 機冷 密

➡ 我覺得頭昏。

I feel dizzy.
愛 非兒 低日

➡ 自從昨天我就一直覺得生病了。

I have been feeling sick since yesterday.
愛 黑夫 兵 非寧 西客 西恩斯 夜司特得

➠ 我覺得不舒服了。

I don't feel well.
愛 動特 非兒 威爾

● 你也可以這麼說 ●

…… ★ 我覺得不對勁。

I feel something is wrong.
哎 非兒 桑性 斯 弄

…… ★ 我覺得不舒服。

I am not feeling well.
哎 M 那 非寧 威爾

…… ★ 我覺得非常不舒服。

I am not feeling very well.
哎 M 那 非寧 肥瑞 威爾

➠ 我感冒了。

I have a cold.
愛黑夫 A 寇得

Unit 5 建議看醫生

➡ 你需要幫忙嗎？

Do you need any help?
賭 優 尼的 安尼 黑耳ㄆ

➡ 你需要看醫生嗎？

Do you need a doctor?
賭 優 尼的 A 搭特兒

➡ 我需要看醫生嗎？

Should I see a doctor?
秀得 愛 吸 A 搭特兒

➡ 讓我量你的血壓。

Let me check your blood pressure.
勒 密 切客 幼兒 不拉得 鋪來揪

➡ 為了健康，你應該戒煙。

For your health, you should stop smoking.
佛 幼兒 害耳 優 秀得 司踏不斯墨客引

➡ 你要我叫救護車嗎？

Do you want me to call an ambulance?
賭 優 忘特 密 兔 摳 恩 安鋪勒斯

➡ 請叫救護車。

Please call a ambulance.
普利斯 摳 A 安鋪勒斯

➠ 你必須要去看醫生。

You have to see a doctor.
優 黑夫 兔 吸 A搭特兒

➠ 你怎麼不去看醫生？

Why don't you go to see a doctor?
壞 動特 優 購 兔 吸 亡 搭特兒

Unit 6 邀請

➡ 進來吧！

Come in.
康　印

➡ 你要一起來嗎？

Do you want to come along?
賭　優　忘特　兔　康　A龍

➡ 你要和我們一起來嗎？

How about coming with us?
好　世保特　康密因　位斯　二斯

➡ 要不要來一杯茶？

How about a cup of tea?
好　世保特　A卡鋪　歐夫　踢

➡ 再來一塊蛋糕好嗎？

How about another piece of cake?
好　世保特　ㄟ哪耳　批斯　歐夫　K客

➡ 來點咖啡如何？

How about some coffee?
好　世保特　桑　咖啡

➡ 要不要和我一起晚餐？

How about having dinner with me?
好　世保特　黑夫因　丁呢　位斯密

➋
➋
➊

➡ 參加或退出？

In or out?
引 歐 凹特

➡ 我們走吧！

Let's go.
辣資 購

●你也可以這麼說●

★ 走吧！

Shall we?
修 屋依

➡ 你覺得和我一起去看電影如何？

What do you say to seeing a movie with me?
華特 睹 優 塞兔 吸引 A 母米 位斯 密

➡ 要不要和我一起去散步？

What do you say to taking a walk with me?
華特 睹 優 塞兔 坦克因 A 臥克 位斯密

Unit ⑦ 警告

➠ 小心！

Be careful.
逼　卡耳佛

● 你也可以這麼說 ●

★ 注意！

Watch out!
襪區　凹特

➠ 別動，手舉起來！

Don't move. Hands up!
動特　木副　和斯 阿鋪

➠ 別動。

Don't move.
動特　木副

● 你也可以這麼說 ●

★ 別動！

Freeze!
福利日

2
2
2

②
②
❸

➠ 手舉起來！

Hands up!
和斯 阿鋪

➠ 不要再批評我了。

Stop judging me.
司踏不 甲居因 密

➠ 別再攪和了！

Stop goofing around.
司踏不 購歐夫引 婀壯

➠ 別跟我裝蒜。

Don't play dumb with me.
動特 舖淚 當鋪 位斯 密

➠ 少蓋了！／走開！

Get out of here!
給特 四特 歐夫 ㄏ一啊

➠ 不要讓我說兩次。

Don't make me say it twice.
動特 妹克 密 塞 一特 踹司

Unit 8 提醒

➡ 是你自己找罪受。

You are asking for it.
優 阿 愛斯清 佛 一特

➡ 我警告過你。

I warned you.
愛 旺的 優

➡ 我告訴過你。

I told you before.
愛 透得 優 必佛

➡ 也許你應該試著冷靜下來。

Maybe you should try to calm down.
美逼 優 秀得 瑞 兔 康母 黨

➡ 你清醒一點。

Wake up.
胃課 阿鋪

➡ 要有耐心。

Be patient.
逼 配訓特

➡ 別再說了。

Drop it.
抓 一特

⟾ 不要再把事情搞砸。

Don't screw up anymore.
　動特　思古露 阿鋪　安尼摩爾

⟾ 不要提起這件事！

Don't bring it up.
　動特　鋪印　一特 阿鋪

⟾ 不要惹一些不必要的麻煩。

Let sleeping dogs lie.
　勒　私立聘　鬥個斯 賴

⟾ 讓他們自己作決定吧！

Let them make their own decisions.
　勒　樂門　妹克　淚兒　翁　低日訓斯

Unit 9 建議

➡ 這是我的建議。

Here is my advice.

厂一偏一ㄣ 買 阿得賣斯

➡ 我需要你的建議。

I need your recommendation.

愛尼的 幼兒 瑞康門得訓

➡ 你的建議是什麼？

What is your advice?

華特 一ㄣ 幼兒 阿得賣司

● 你也可以這麼說 ●

★ 你建議什麼？

What do you recommend?

華特 賭 優 瑞卡曼得

➡ 他說服我買新的。

He talked me into buying a new one.

厂一 透克的 密 引兔 百引 A 紐 萬

➡ 面對現實吧！

Face it.

費思 一特

➠ 我沒問你意見。

I wasn't asking you.
愛 瓦認 愛斯清 優

➠ 你應該打電話給大衛。

You are supposed to call David.
優 阿 捨破斯的 兔摳 大衛

➠ 我覺得你最好不要這麼做。

I think you had better not do it.
愛 施恩克 優 黑的 杯特 那 賭 一特

➠ 你為什麼不試著即時完成那件事？

Why don't you try to finish it in time?
壞 動特 優 踹 兔匸尼續一特 引 太口

Unit 10 詢問意見

➡ 所以呢？

And?
安

➡ 你沒問題嗎？

Is it OK with you？
一ち 一特 OK 位斯 優

➡ 你能告訴我如何去那裡嗎？

Can you tell me how to get there?
肯 優 太耳 密 好 兔給特 淚兒

➡ 你能告訴我現在是幾點鐘嗎？

Can you tell me what time it is now?
肯 優 太耳 密 華特太ㄇ 一特一ち 惱

➡ 你能告訴我我能去哪裡嗎？

Can you tell me where I can go?
肯 優 太耳 密 灰耳 愛 肯 購

➡ 我說得夠清楚了嗎？

Do I make myself clear?
賭愛 妹克 買塞兒夫克里兒

➡ 你覺得這一個如何？

How about this one?
好 世保特利斯 萬

➠ 那個如何？

How about that?
好　世保特　類

➠ 你喜歡那個嗎？

Would you like that?
屋　優　賴克　類

➠ 真的嗎？

Really?
瑞兒裡

● 你也可以這麼說 ●

★ 你真的這麼認為？

You think so?
優　施恩克　蒐

➠ 你呢？

And you?
安　優

● 你也可以這麼說 ●

★ 你呢？

How about you?
好　世保特　優

➠ 你對這件事是認真的嗎？

Are you serious about it?
阿　優　西瑞耳司　世保特　一特

➠ 你能為我們保守秘密嗎？

Could you keep the secret for us?
苦　優　機鋪　勒　西鬼特　佛　二斯

➠ 你玩得高興嗎？

Did you have fun?
低　優　黑夫　放

➠ 你覺得如何？

How do you like it?
好　賭　優　賴克　一特

● 你也可以這麼說 ●

★ 你覺得如何？

What do you think of it?
華特　賭　優　施恩克歐夫　一特

➠ 事情的結果如何？

How was it?
好　瓦雌　一特

➠ 你覺得你能自己完成這件事嗎？

Do you think you could do it on your own?
賭　優　施恩克優　苦　賭一特忘　幼兒　翁

➠ 有問題嗎？

Anything wrong?
安尼性　弄

2
3
0

➠ 重點是什麼？

What's the point?
華資　勒　波以特

➠ 發生什麼事了？

What happened?
華特　黑噴的

➠ 有人想過這個問題嗎？

Has anyone ever thought of that?
黑資　安尼萬　A模　收特　歐夫　類

➠ 你以前為什麼沒告訴過我？

Why didn't you tell me before?
壞　低等　優　太耳　密　必佛

➠ 你昨天晚上為什麼沒有出現？

Why didn't you show up last night?
壞　低等　優　秀　阿鋪　辣斯特　耐特

➠ 你不想想辦法嗎？

Aren't you gonna do something?
阿特　優　購那　賭　桑性

Unit 11 質疑

➡ 我懷疑！

I doubt it.
愛 套特 一特

➡ 你到底在幹嘛？

What the hell are you doing?
華特 勒 黑喔 阿 優 督引

➡ 為什麼？／怎麼會這樣？

How come?
好 康

●你也可以這麼說●

★為什麼？

What for?
華特 佛

➡ 不是開玩笑吧？

No kidding?
弄 ㄎㄧㄥ

➡ 你在我玩笑吧？

Are you kidding me?
阿 優 ㄎㄧㄥ 密

●你也可以這麼說●

★你在開玩笑嗎？

Are you kidding?

阿 優 ㄎ一ㄒ

➡ 這是開玩笑嗎？

Is that a joke?

一ㄘ 類 A 就可

➡ 對嗎？

Is that right?

一ㄘ 類 軟特

➡ 真有那麼回事嗎？

Is that so?

一ㄘ 類 蒐？

➡ 不會又一次了吧！

Not again.

那 ㄟ乾

➡ 不可能的！

That can't be.

類 肯特 逼

➡ 你是認真的嗎？

Are you serious?

阿 優 西瑞耳司

➠ 你有在聽我說嗎？

Are you listening to me?
阿　優　樂身因　免　密

● 你也可以這麼說 ●

★ 你聽得到我說話嗎？

Can you hear me?
肯　優　ㄏ一爾　密

★ 你有在聽嗎？

Hello?
哈囉

➠ 你懂我意思嗎？

Are you following me?
阿　優　發樓引　密

➠ 你不懂嗎？／你不瞭解嗎？

Can't you see?
肯特　優　吸

● 你也可以這麼說 ●

★ 知道了嗎？／懂嗎？

Get the picture?
給特　勒　披丘

★ 你瞭不瞭解？

Do you understand?
賭　優　骯得史丹

234

➠ 你懂嗎？

Do you get it?

賭 優 給特一特

你也可以這麼說

★你不懂嗎？

Don't you get it?

動特 優 給特一特

★瞭解嗎？

Understood?

骯得史督

★知道嗎？

Understand?

骯得史丹

➠ 清楚嗎？

Is that clear?

一ㄘ 類 克里兒

Unit 12 提出問題

➡ 那又怎麼樣？

So what?
蒐 華特

➡ 所以呢？

So?
蒐

➡ 你知道那件事嗎？

Do you know that?
賭 優 弄 類

➡ 你知道我在說什麼嗎？

Do you know what I am talking about?
賭 優 弄 華特 愛M 透《一因 せ保特

➡ 你知道我的意思嗎？

Do you know what I mean?
賭 優 弄 華特 愛密

➡ 有問題嗎？

Something wrong?
桑性 弄

➡ 你想證明什麼？

What are you trying to prove?
華特 阿 優 踹引 兔 埔夫

➋
➌
➐

➠ 你想說什麼？

What are you trying to say?
華特　阿　優　端引　兔塞

➠ 那是什麼？

What's that?
華資　類

➠ 發生什麼事？

What's going on?
華資　勾引　忘

➠ 你怎麼了？

What's the matter with you?
華資　勒　妹特耳　位斯　優

● 你也可以這麼說 ●

　★ 你怎麼了？
　　What happened to you?
　　華特　黑噴的　兔　優

➠ 怎麼回事？

What's the matter?
華資　勒　妹特耳

● 你也可以這麼說 ●

　★ 怎麼了？
　　What's wrong?
　　華資　弄

⟹ 你看吧！

You see?
　優　吸

⟹ 等著看吧！

You will see.
　優　我　吸

⟹ 你達到你的目標了嗎？

Have you met your goals?
黑夫　優　妹特　幼兒　購斯

⟹ 你有空嗎？

Do you have a moment?
賭　優　黑夫 A 摩門特

⟹ 現在有空談一談嗎？

Got a minute to talk?
咖　A　密遞特　免　透克

⟹ 一切都會懸而未決。

Everything will be up in the air.
愛複瑞性　我　逼阿鋪引　勒愛爾

⟹ 你聽到最新消息了嗎？

Have you heard the latest news?
黑夫　優　喝得　勒　淚踢斯特　紐斯

⟹ 目前為止你覺得如何？

How do you like it so far?
好　賭　優　賴克一特蒐罰

➋
➌
➒

➠ 我無法相信我剛剛知道的事。

I can't believe what I just found out.
愛 肯特 逼力福 華特 愛賈斯特 方的 凹特

➠ 滿意嗎？

Satisfied?
撒替斯飛的

➠ 你在幹嘛？

What are you doing?
華特 阿 優 督引

➠ 你認為呢？

What do you say?
華特 賭 優 塞

Unit 13 了解

➡ 我完全瞭解。

I completely understand.
愛 抗舖特里 航得史丹

➡ 我完全瞭解你的意思。

I completely understand what you meant.
愛 抗舖特里 航得史丹 華特 優 密特

➡ 我懂你在説什麼。

I know what you are saying.
愛 弄 華特 優 阿 塞因

➡ 瞭解。

Understood.
航得史督

●你也可以這麼說●

★ 我瞭解。

I understand.
哎 航得史丹

➡ 我知道。

I know.
愛 弄

➠ 我瞭解你的意思了。

I got you.
愛 咖 優

● 你也可以這麼說 ●

★ 我懂你的意思。

I am following you.
哎 M 發樓引 優

★ 我瞭解你的意思。

I am with you.
哎 M 位斯 優

★ 我知道你的意思。

I know what you meant.
哎 弄 華特 優 密特

➠ 那倒提醒我了。

That reminds me.
類 瑞買斯 密

➠ 我已經被告知了。

I have been told.
愛黑夫 兵 透得

Unit 14 同意

➡ 我同意。

I agree.
愛 阿鬼

● 你也可以這麼說 ●

····· ★ 我同意你的說法。

I agree with you.
哎 阿鬼 位斯 優

➡ 我知道。／原來如此。

I see.
愛 吸

➡ 我聽說了。

I heard about that.
愛 喝得 世保特 類

➡ 有道理。

It makes sense.
一特 妹克斯 攝影師

➡ 我大概心裡有數。

I got the picture.
愛 咖 勒 披丘

242

➎ 完全正確。

Exactly!

一日特里

➥ 好啊！走吧。

All right, let's go.

歐　軟特　辣資購

➥ 你說怎麼樣就怎麼樣。

Anything you say.

安尼性　優　塞

➥ 悉聽尊便。

As you wish.

ㄟ斯　優　胃虛

➥ 的確是這樣。

I say.

愛塞

➥ 當然。

Sure.

秀

➥ 沒問題。

No problem.

弄　撲拉本

➥ 去吧！／繼續。

Go ahead.

購　耳黑的

Unit 15 反對、拒絕

➡ 不要，謝謝。(拒絕對方邀請的回答)

No. Thanks.
弄　山克斯

➡ 不！

No way.
弄　位

➡ 我很想，但是我有另外的計畫。

I would love to, but I have other plans.
愛　屋　勒夫兔 霸特 愛黑夫 阿樂 不蘭斯

➡ 不要把我算進去。(我不參加)

Count me out.
考特　密　凹特

➡ 我不同意這件事。

I don't agree with it.
愛 動特　阿鬼 位斯 一特

➡ 我不這麼認為！

I don't think so.
愛 動特 施恩克 蒐

➡ 我不會回答你的問題。

I am not telling.
愛 M 那　太耳因

➋
➍
➎

➠ 不是那樣的。

Not like that.
那　賴克　類

➠ 絕不可能！

Definitely not.
帶分尼特里　那

➠ 試試看（我會不會這麼做）！

Try me!
端　密

➠ 我不知道，我們等著瞧吧。

I don't know, let's wait and see.
愛動特　弄　辣資位特安　吸

Unit 16 推測

➡ 我可能會。

I might.
愛 賣特

➡ 很難說。

It's hard to tell.
依次 哈得 兔 太耳

➡ 我猜我可能會。

I guess I might.
愛 給斯 愛 賣特

● 你也可以這麼說 ●

······ ★ 我猜我應該會這麼做。

I guess I will.
哎 給斯 哎 我

➡ 我以為你不會來。

I thought you were not coming.
愛 收特 優 我兒 那 康密因

➡ 我以為你想去兜風呢！

I thought you wanted to go for a ride.
愛 收特 優 忘踢的 兔 購 佛 A瑞的

2
4
6

➠ 換一個說法好了。

Maybe I can put it another way.
美逼 愛肯 鋪一特 ㄟ哪耳 位

➠ 例如什麼？

Like what?
賴克 華特

● 你也可以這麼說 ●

★ 例如什麼？

For example?
佛 一個任波

➠ 你確定要我這麼做？

Are you sure you want me to?
阿 優 秀 優 忘特 密 兔

➠ 如果他不來呢？

What if he didn't come?
華特一幅 ㄏ一 低等 康

➠ 我沒有預期它會發生。

I didn't see that coming.
愛 低等 吸 類 康密因

➠ 我覺得那彷彿是危險的。

I feel as if it's dangerous.
愛 非兒 ㄟ斯一幅 依次 丹覺若斯

Unit 17 期望

➡ 希望如此。

I hope so.
愛 厚夕 蒐

➡ 我希望不是如此。

I hope not.
愛 厚夕 那

➡ 有可能，但我會試看看。

Maybe, but I will try.
美逼 霸特愛我 踹

➡ 我不認為我可以。

I really don't think I can.
愛 瑞兒裡 動特 施恩克愛 肯

➡ 我以為你喜歡。

I thought you liked it.
愛 收特 優賴克特一特

➡ 越來越好。

It's getting better.
依次 給聽 杯特

➡ 越來越糟。

It's getting worse.
依次 給聽 臥司

➡ 糟透了！

It's horrible.
依次 哈蘿蔔

➡ 我覺得還不錯。

It's pretty good, I guess.
依次 撲一替 估的 愛 給斯

➡ 差不多就這樣了。

That's about it.
類次 世保特 一特

➡ 以後還有機會！

Maybe some other time.
美逼 桑 阿樂 太ㄇ

Unit 18 下決定

➠ 這是你自己下的決定。

It's your own decision.
依次 幼兒 翁 低日訓

➠ 算了。／想都別想。

Forget it.
佛給特一特

➠ 我盡量。

I will do my best.
愛我 賭 買貝斯特

➠ 我別無選擇。

I have no choice.
愛 黑夫 弄 丘以私

➠ 我還沒有決定。

I haven't decided yet.
愛 黑悶 低賽的 耶踢

➠ 我決定要買了。

I will take it.
愛我 坦克一特

➠ 由你決定。

It's up to you.
依次 阿舖 兔 優

②
⑤
①

➡ 就這麼說定了。

That's a deal.
類次 A 低兒

●你也可以這麼說●

★就這麼說定了。／成交。

Deal.
低兒

➡ 我已經決定了。

I already made up my mind.
愛 歐瑞底 妹得 阿鋪 買 麥得

➡ 我改變主意了。

I changed my mind.
愛 勸居的 買 麥得

●你也可以這麼說●

★我的想法改變了。

I have changed my mind.
哎 黑夫 勸居的 買 麥得

Unit 19 下結論

➠ 事實上，我什麼事也沒做。

As a matter of fact, I didn't do anything.

ㄟ斯 A 妹特耳歐夫 肥特 愛 低等 賭 安尼性

➠ 當然。

Certainly.

賒特里

➠ 還有待加強。

It needs work.

一特尼的斯 臥克

➠ 沒什麼了不起的。

It was nothing.

一特瓦雌 弄性

➠ 有效了。／有用的。

It worked.

一特 臥克的特

➠ 沒有發揮作用。

It doesn't work.

一特 得任 臥克

➠ 沒有用的。

It's not going to work.

依次 那 勾引 兔 臥克

2
5
3

➠ 你在開玩笑。

You are joking.
優　阿　就晶

➠ 當然。

You bet.
優　貝特

➠ 就我個人的意見而言。

If you ask me.
一幅　優　愛斯克　密

➠ 我已經告訴過你(會發生這個情形了)。

I told you so.
愛透得　優　蒐

➠ 我必須要想出辦法。

I have to figure it out.
愛黑夫　兔　非葛　一特四特

➠ 沒那麼難。

It wasn't so hard.
一特　瓦認　蒐　哈得

➠ 我確信是如此。

I believe so.
愛逼力福　蒐

Unit 20 誘導

➡ 你不這樣認為嗎？

Don't you think so?
動特　優　施恩克　蔻

➡ 承認吧！

Admit it.
阿的密特 一特

➡ 我承認我犯了一個錯誤。

I admit that I made a mistake.
愛 阿的密特　類　愛　妹得　A　密斯坦克

➡ 你不是認真的吧！

You can't be serious.
優　肯特　逼　西瑞耳司

➡ 我想都不用想就能告訴你。

I can tell you off the top of my head.
愛肯　太耳　優　歐夫勒　踏步歐夫買　黑的

➡ 我是永遠不會忘記的。

I will never forget that.
愛 我　耐摩　佛給特　類

➡ 太容易了。

It's a piece of cake.
依次 A　批斯 歐夫 K客

➠ 這全是你的心理作用。

It's all in your mind.
依次 歐 引 幼兒 麥得

➠ 我決定再試試看！

I have decided to give it another try.
愛黑夫 低賽的 兔 寄 一特 八哪耳 踹

➠ 那太荒謬了！

That is ridiculous！
類 一ㄣ 瑞低 Q 樂斯

➠ 真是工程浩大。

That's a lot of work.
類次 A 落的 歐夫 臥克

➠ 這件事真是詭異。

That's so weird.
類次 蒐 餵兒的

Unit 21 確定

➠ 我敢說你一定會為此事付出代價。

I bet you will have to pay for it.
愛貝特 優 我 黑夫兔配 佛 一特

➠ 我敢打賭。

I bet.
愛貝特

➠ 問得好!

Good question!
估的 魁私去

➠ 相信我吧!

Trust me!
差司特 密

➠ 我很確定。

I am so sure.
愛 M 蒐 秀

● 你也可以這麼說 ●

★ 我確定。

I am sure.
哎 M 秀

2
5
6

➋
➎
➐

➠ 那是確定的。

That's for sure.

類茲 佛 秀

➠ 好。

All right.

歐 軟特

➠ 當然。

Of course.

歐夫 寇斯

➠ 當然好！

Definitely yes.

帶分尼特里 夜司

➠ 為什麼我不要？

Why wouldn't I?

壞 屋等 哎

➠ 我會試試看。

I will try.

愛我 踹

➠ 你保證？

Promise?

趴摩斯

● 你也可以這麼說 ●

★ 你確定嗎？

You promise?

優 趴摩斯

Unit 22 要求

➠ 你能說大聲一點嗎?

Would you speak louder, please?
屋　優　司批客老的兒　普利斯

➠ 你能做給我看嗎?

Would you show me how to do it?
屋　優　秀　密　好兔賭一特

➠ 我可以佔用你一點時間嗎?

Can I have a second?
肯 愛 黑夫 A 誰肯

➠ 你有空嗎?

Can I get a second with you?
肯 愛 給特A 誰肯 位斯 優

●你也可以這麼說●

★ 我能不能跟你單獨處一會?

Can I get you alone?
肯 哎 給特 優 　A弄

➠ 你能幫我一個忙嗎?

Could you give me a hand?
苦　優 寄 密 A 和的

●你也可以這麼說●

★能不能幫我一個忙？
Could you do me a favor?
苦　優　賭　密　A 肥佛

➡ 你能不能幫我照張相？
Could you take a picture for me?
苦　優　坦克　A　披丘　佛　密

➡ 救命啊！
Help！
黑耳ㄆ！

●你也可以這麼說●

★來人啊！救命啊！
Somebody help.
桑八第　黑耳ㄆ

➡ 拜託（好嗎）？
Please?
普利斯

Unit 23 幫助

➠ 需要我幫助嗎？

May I help you?
美 愛 黑耳ㄆ 優

➠ 你需要任何幫助嗎？

Do you need any help?
賭 優 尼的 安尼 黑耳ㄆ

● 你也可以這麼說 ●

★ 你需要幫助嗎？

Do you need help?
賭 優 尼的 黑耳ㄆ

➠ 我能為你作什麼？

What can I do for you?
華特 肯 愛 賭 佛 優

● 你也可以這麼說 ●

★ 我要怎麼幫助你？

How can I help you?
好 肯 哎 黑耳ㄆ 優

➠ 有幫助的。

It's helpful.

依次 黑耳佛

➠ 我可以幫助你。

I can help you.

愛肯 黑耳ㄆ 優

➠ 請幫我一個忙。

Please do me a favor.

普利斯 賭 密 亡 肥佛

● 你也可以這麼說 ●

★ 請幫我一個忙。

Please give me a hand.

普利斯 寄 密 亡 和的

➠ 這沒有幫助。

It didn't help.

一特 低等 黑耳ㄆ

➠ 你一點忙都沒幫上。

You are no help at all.

優 阿弄 黑耳ㄆ ㄟ 歐

Unit 24 道謝

➡ 謝謝。

Thanks.

山克斯

➡ 多謝了。

Thanks a lot.

山克斯 A 落的

➡ 非常感謝。

Thank you very much.

山揪兒 肥瑞 罵區

➡ 再一次謝謝。

Thanks again.

山克斯 ㄟ乾

➡ 總而言之，謝謝。

Anyway, thank you.

安尼位 山揪兒

➡ 我真不知要如何感謝你。

I can't thank you enough.

愛肯特 山揪兒 A 那夫

➡ 謝謝你這麼好心。

Thank you for being so nice.

山揪兒 佛 逼印 蒐 耐斯

➠ 謝謝你鼓勵我。

Thank you for cheering me up.

山揪兒　佛　起兒因　密　阿鋪

➠ 謝謝你為我所做的一切事。

Thank you for everything you did for me.

山揪兒　佛　愛複瑞性　優　低　佛　密

➠ 謝謝你。

Thank you for everything.

山揪兒　佛　愛複瑞性

➠ 謝謝你這麼說。

Thank you for saying so.

山揪兒　佛　塞引　蒐

➠ 謝謝你告訴我。

Thank you for telling me.

山揪兒　佛　太耳因　密

➠ 謝謝你的幫忙。

Thanks for your help.

山克斯　佛　幼兒　黑耳ㄆ

➠ 謝謝你的撥冗。

Thanks for your time.

山克斯　佛　幼兒　太ㄇ

Unit 25 感激

➡ 聽到這件事真好。

It's good to hear that.

依次 估的 兔 ㄏ一屙 類

➡ 我真的很感謝。

I really appreciate it.

愛 瑞兒裡 A 鋪西ㄟ特一特

➡ 你真好心。

It's very kind of you.

依次 肥瑞 砍特 歐夫 優

● 你也可以這麼說 ●

★ 你真好心。

It's very nice of you.

依次 肥瑞 耐斯 歐夫 優

➡ 你能這麼說真好。

It's nice of you to say so.

依次 耐斯 歐夫 優 兔 塞 蒐

➡ 你能告訴我真好。

It's very kind of you to tell me.

依次 肥瑞 砍特 歐夫 優 兔 太耳密

➠ 我很感謝你的關心。

I appreciate your concern.

愛　A鋪西ㄟ特　幼兒　康捨

➠ 我感謝你的好心。

I appreciate your kindness.

愛　A鋪西ㄟ特　幼兒　砍特尼斯

Unit 26 對道謝的回答

➡ 不客氣！

That is OK.

類 ㄧㄘ OK

你也可以這麼說

★沒什麼了不起的。

It's nothing.

依次 那性

➡ 不必麻煩！

Don't bother.

動特 芭樂

➡ 不客氣。

You are welcome.

優 阿 威爾康

➡ 沒關係。

No problem.

弄 撲拉本

➡ 不必道謝。

Don't mention it.

動特 沒訓 一特

➡ 不客氣。

Sure.

秀

●你也可以這麼說●

★ 不必客氣。

Of course.

歐夫 寇斯

➡ 一點也不（不必客氣）。

Not at all.

那 ㄟ 歐

➡ 沒關係。

That's all right.

類次 歐 軟特

➡ 我的榮幸。（表示「能夠幫助你是我的榮幸」）

My pleasure.

買 舖來揪

➡ 我很高興你這麼說。

I am glad you say so.

愛 M 萬雷得 優 塞 蒐

➡ 我很高興可以幫得上忙。

I am glad I could help.

愛 M 萬雷得 愛 苦 黑耳ㄆ

Unit 27 道歉

➡ 對不起。(請對方借過,或請對方注意聽你說話)

Excuse me.

一克斯Q斯 密

➡ 失禮了。(適用在一群人要離席時使用)

Excuse us.

一克斯Q斯 二斯

➡ 對那件事我很抱歉。

I am sorry about it.

愛M 蔻瑞 世保特 一特

➡ 請原諒我。

Please forgive me.

普利斯 佛寄 密

➡ 你願意原諒我嗎?

Will you forgive me?

我 優 佛寄 密

●你也可以這麼說●

★ 我很抱歉對你所做的事。

I am sorry for what I've done to you.

哎M 蔻瑞 佛華特 愛夫 檔 兔 優

➠ 很抱歉麻煩你。

I am sorry to bother you.
愛 M 蒐瑞 兔 芭樂 優

➠ 我很抱歉。

I am so sorry.
愛 M 蒐 蒐瑞

➠ 對不起。

Sorry.
蒐瑞

➠ 我非常抱歉。

I am terribly sorry.
愛 M 太蘿葡利 蒐瑞

➠ 這都是我的錯。

It's all my fault.
依次 歐 買 佛特

➠ 我的錯。

My mistake.
買 密斯坦克

➠ 請接受我的道歉。

Please accept my apology.
普利斯 ㄟ 賽夕特 買 A 怕樂及

Unit 28 對道歉的回答

➡ 沒關係。

That's all right.

類次 歐 軟特

●你也可以這麼說●

★沒關係。

That is OK.

類 一ㄘ OK

➡ 不必在意。

Never mind.

耐摩 麥得

➡ 算了。

Forget it.

佛給特 一特

➡ 這不是你的錯。

It's not your fault.

依次 那 幼兒 佛特

➡ 不必道歉。

Don't be sorry.

動特 逼 蒐瑞

➡ 不必這麼説。

Don't say so.
　動特　塞　蔻

➡ 你不必道歉。

You don't have to apologize.
　優　動特　黑夫　兔　A怕樂宅日

➡ 這從沒有對我造成困擾。

It never bothers me.
　一特　耐摩　芭樂斯　密

➡ 我會原諒你。

I will forgive you.
　愛我　佛寄　優

Unit 29 催促

➡ 你動作最好快點。

You had better hurry.
優 黑的 杯特 喝瑞

➡ 快一點做。

Get with it.
給特 位斯 一特

➡ 快一點！

Hurry up!
喝瑞 阿鋪

➡ 快，我們快遲到了。

Come on, we are going to be late.
康 忘 屋依阿 勾引 兔 逼 淚

➡ 趕什麼？

What's the rush?
華資 勒 日阿需

➡ 想想辦法吧！

Do something.
賭 桑性

➡ 你說說話吧！

Say something.
塞 桑性

➠ 儘管去做吧！

Just do it.
賈斯特 賭 一特

➠ 你還在等什麼？

What are you waiting for?
華特 阿 優 位聽 佛

➠ 現在很晚了。

It's late now.
依次 淚 惱

➠ 你知道現在幾點了嗎？

Do you know what time it is now?
賭 優 弄 華特 太ㄇ 一特 一ㄎ 惱

Unit 30 不確定

➡ 我被搞迷糊了。

I am confused.
愛 M 康佛斯的

●你也可以這麼說●

★ 我被搞的很迷糊。

I am so confused.
哎 M 蒐 康佛斯的

★ 我越來越迷糊了！

I am getting confused.
哎 M 給聽 康佛斯的

➡ 他把我弄糊塗了。

He was confusing me.
厂一 瓦雌 康佛斯因 密

➡ 我搞不清楚。

My brain doesn't work.
買 不安 得任 臥克

➡ 誰？

Who?
乎

➡ 什麼？
What?
華特

➡ 哪裡？
Where?
灰耳

➡ 什麼時候？
When?
昏

➡ 如何？
How?
好

➡ 哪一個？
Which one?
會區　萬

➡ 我分辨不出來。
I can't tell.
愛 肯特 太耳

➡ 誰知道？(表示沒有人知道)
Who can tell?
乎　肯 太耳

● 你也可以這麼說 ●

★ 誰知道？
Who knows?
乎　弄斯

Unit 31 不知道

➠ 然後什麼？

Then what?
蘭　華特

➠ 他到底想幹什麼？

What's he driving at?
華資　厂一　轉冰　ㄟ

➠ 其實我對這件事一點也不知道。

Actually, I have no idea about it.
哎丘禮　愛　黑夫　弄哎低兒　也保特　一特

➠ 我不知道那是什麼。

I have no idea what that is.
愛黑夫　弄哎低兒　華特　類一ㄅ

➠ 你什麼也不知道。

You don't know anything.
優　動特　弄　安尼性

➠ 考倒我了。

Beats me.
畢資　密

➠ 我沒有線索。

I have no clue.
愛　黑夫　弄　客魯

➠ 我不知道。

.I don't know.
愛 動特 弄

●你也可以這麼說●

★我不知道。

I have no idea.
哎黑夫 弄哎低兒

★我不知道。

It's beyond me.
依次 畢楊 密

➠ 我不知道你在說什麼。

I don't know what you are talking about.
愛動特 弄 華特 優 阿透ㄍ一因ㄝ保特

➠ 我不知道要說什麼。

I don't know what to say.
愛動特 弄 華特兔塞

➠ 你在說什麼東西?

What are you talking about?
華特 阿 優 透ㄍ一因ㄝ保特

➠ 你那是什麼意思?

What do you mean by that?
華特 賭 優 密 百類

➠ 你是什麼意思？

What do you mean?
華特　賭　優　密

➠ 不知道。

No idea.
弄 哎低兒

➠ 沒人知道。

Nobody knows.
弄八弟　弄斯

➠ 我真不知道他會說什麼？

I wonder what he would say.
愛　王得　華特　厂ㄧ屋　塞

➠ 我該怎麼辦呢？

What should I do?
華特　秀得　愛　賭

➠ 你是說…？

Are you saying...?
阿　優　塞引

➠ 我就是不了解。

I just don't get it.
愛 賈斯特 動特 給特 一特

➠ 我不瞭解。

I don't understand.
愛 動特　航得史丹

➠ 我不是很確定。

I don't know for sure.
愛動特　弄　佛　秀

● 你也可以這麼說 ●

★ 我不確定。

I am not sure.
哎 M 那 秀

➠ 這超出我所能理解的範圍。

This is over my head.
利斯 一ㄈ 歐佛 買 黑的

➠ 沒有人知道確實發生的事。

No one knows for sure.
弄　萬　弄斯　佛　秀

➠ 我第一次聽説這件事。

That's news to me.
類次　紐斯　兔密

➠ 我怎麼會知道？

How should I know?
好　秀得　愛　弄

10

情緒抒發

Unit 1 辱罵

➠ 膽小鬼！
Chicken!
七罄

●你也可以這麼說●

★ 膽小鬼！
Coward!
靠兒的

➠ 你混蛋。
You asshole!
優 ㄟ斯吼

➠ 可惡！
Rats!
瑞茲

➠ 狗屎！
Shit!
序特

➠ 臭婊子！
Bitch!
畢區

➡ 白痴。

Idiot.

一滴耳特

➡ 你真是禽獸！

You monster.

優　忙斯特

➡ 豬八戒！

Pig.

屁個

➡ 老天，可惡！

God damn it.

咖的　等　一特

● 你也可以這麼說 ●

★ 可惡！

Damn it.

等　一特

★ 可惡！

Damn.

等

➡ 滾蛋！

Get lost.

給特 肉絲特

➡ 幹！(非常低俗的辱罵語言)

Fuck.

發客

Unit ② 挑釁

➡ 少管閒事。
It's none of your business.
依次　那　歐夫　幼兒　逼斯泥斯

➡ 少裝了。
Give it up!
寄一特　阿鋪

➡ 好狗不擋路。
Get out of my way.
給特　凹特　歐夫　買　位

➡ 走開。
Go away.
購　A 位

●你也可以這麼說●

★ 滾開。
Out of my way.
凹特　歐夫　買　位

➡ 少來這一套。
Knock it off.
那課　一特　歐夫

⇒ 你瘋了！

You're crazy!

優 阿 虧理

⇒ 哪兒涼快哪兒歇著去吧。

Take a hike!

坦克 古 駭客

⇒ 你氣死我了。

You piss me off.

優 批司 密 歐夫

⇒ 省省吧。

Cut it out.

卡特 一特 凹特

⇒ 你這蠢豬！

You stupid jerk!

優 斯丟披特 酒客

⇒ 臉皮真厚。

You have a lot of nerve.

優 黑夫 古 落的 歐夫 乃夫

⇒ 我厭倦了。

I'm fed up.

愛門 費的 阿鋪

⇒ 試試看我敢不敢。／試試看我能不能。

Try me.

踹 密

Unit ③ 情緒發洩

➡ 你在生氣嗎？

Are you angry?
阿　優　安鬼

➡ 他可能會生氣。

He will probably get mad.
厂一　我　趴伯伯禮　給特　妹的

➡ 你為那件事在生氣嗎？

Are you mad about it?
阿　優　妹的　世保特一特

➡ 你在生我的氣嗎？

Are you mad at me?
阿　優　妹的　ㄟ　密

➡ 我很生氣。

I am so mad.
愛 M 蒐 妹的

➡ 你惹我生氣。

You make me angry.
優　妹克　密　安鬼

➡ 我的脾氣很壞。

I have a bad temper.
愛 黑夫 A 貝特　坦波

➠ 你在威脅我？

Are you threatening me?
　阿　優　　睡毯引　密

➠ 我受不了了。

I can't take it anymore.
　愛肯特　坦克一特　安尼摩爾

➠ 不要逼人太甚。

Don't push me too hard.
　動特　舖需　密　免　哈得

➠ 讓我一個人靜一靜。

Leave me alone.
　力夫　密　A弄

➠ 夠了！

Enough.
　A那夫

●你也可以這麼說●

★不要再說了！

Say no more.
　塞　弄　摩爾

Unit ④ 心情好

➡ 我就是覺得很愉快。

I just get a kick out of it.

愛 賈斯特 給特 A 丂客 凹特 歐夫 一特

➡ 我高興。

I am happy.

愛 M 黑皮

➡ 真高興聽見這件事。

I am so glad to hear that.

愛 M 蒐 葛雷得 兔 厂一爾 類

➡ 我為你感到非常高興。

I am really happy for you.

愛 M 瑞兒裡 黑皮 佛 優

➡ 那對你有好處。

That's good for you.

類次 估的 佛 優

➡ 那是好消息。

That's good news.

類次 估的 紐斯

➡ 我今天心情不錯。

I am in a good mood today.

愛 M 引 A 估的 木的 特得

➠ 好到令人不敢相信是真的。

That's too good to be true.
類次　兔　估的　兔　逼　楚

➠ 我真幸運。

I am so lucky.
愛 M 蒐　辣雞

➠ 今天是我的幸運日。

Today is my lucky day.
特得　一ㄞ　買　辣雞　得

➠ 我的美夢成真。

My dreams came true.
買　住密斯　給悶　楚

Unit ⑤ 不耐煩

➡ 都怪你。

I blame it on you.
愛 不藍 一特 忘 優

➡ 我會報復你的。

I will get you for this.
愛 我 給特 優 佛 利斯

➡ 我會向他報復。

I will pay him back.
愛 我 配 橫 貝克

➡ 真倒霉，但還是發生了。

Tough luck, but shit happens.
踏夫 辣克 霸特 序特 黑噴斯

➡ 夠了！

Enough!
A 那夫

➡ 總算！

Finally!
非諾禮

➡ 別傻了！

Don't be silly.
動特 逼 溪裡

➠ 該住手了！好嗎？
Stop! OK?
司踏不 OK

➠ 那又怎麼樣？
So what?
蒐　華特

➠ 我不在乎！
I don't care.
愛 動特　卡耳

Unit 6 厭惡

➡ 你快把我弄瘋了。

You are driving me crazy.
優　阿　轉冰　密　廚理

➡ 你的想法真下流。

You have such a nasty mind.
優　黑夫　薩區　A那斯提　麥得

➡ 我討厭你。

I hate you.
愛黑特 優

➡ 真詭異。

That's weird.
類次　餵兒的

➡ 他們瘋了。

They are freaky.
勒　阿　肥基

➡ 我被嚇到了。

I am scared!
愛M 斯卡兒的

➡ 我好害怕。

I was so scared.
愛 瓦雌蒐 斯卡兒的

➠ 真是荒謬。

It's ridiculous.

依次 瑞低 Q 樂斯

➠ 真是恐怖。

It's terrible.

依次 太蘿蔔

➠ 真叫人害怕。

It's creepy.

依次 客裡披

➠ 真的是太噁心了！

You are so disgusting!

優 阿 蒐 滴斯卡聽

Unit 7 興奮

➡ 我受寵若驚。

I am flattered.

愛 M　富來特兒的

➡ 非常好玩！

It is such fun!

一特 一ㄘ 薩區　放

➡ 真貼心。

How sweet!

好　司威特

➡ 我很期待！

I will look forward to it.

愛 我　路克　佛臥得　兔 一特

●你也可以這麼說●

★我很期待這件事。

I am looking forward to it.

哎 M　路克引　佛臥得　兔 一特

➡ 我玩得很開心。

I was having a great time.

愛 瓦雌 黑夫因 A 鬼雷特 太ㄇ

➡ 我很興奮。

I am so excited.
愛 M 蒐 一塞聽的

● 你也可以這麼說 ●

★ 真興奮。（主詞為人）

So excited.
蒐 一塞聽的

➡ 這真是令人興奮。

It's exciting.
依次 一塞聽

● 你也可以這麼說 ●

★ 真令人興奮。（主詞為事件或物）

So exciting.
蒐 一塞聽

➡ 我迫不急待要看。

I am so eager to see it.
愛 M 蒐 一個 兔 吸 一特

➡ 我情不自禁！／我無法控制自己！

I can't help it.
愛 肯特 黑取々 一特

Unit 8 不敢置信

➡ 什麼？

What?
華特

➡ 不會吧！

No!
弄

● 你也可以這麼說 ●

★不會吧？

No way.
弄　位

➡ 我不在意。

I don't care.
愛　動特卡耳

➡ 我最後總是失敗。

I always end up failing.
愛　歐維斯　安迪阿鋪　飛蛾寧

➡ 對我來說不公平。

It's not fair to me.
依次　那　非耳兔　密

➡ 這太不公平了。

This is so unfair.

利斯 一ㄘ 蒐 骯非耳

➡ 為什麼是我？

Why me?

壞 密

●你也可以這麼說●

★又是我？

Me again?

密 ㄟ乾

➡ 真不敢相信！

I can't believe it.

愛 肯特 逼力福 一特

➡ 不可能！

It's impossible.

依次 因趴色伯

●你也可以這麼說●

★不可能。

It can't be.

一特 肯特 逼

Unit 9 衝突

➠ 他打我。

He hit me.
ㄏㄧ ㄏㄧ特 密

➠ 我被侮辱了！

I am disgraced.
愛 M 滴斯規斯

➠ 別打擾我！

Get off my back!
給特 歐夫 買 貝克

➠ 太離譜了！

Get out of here.
給特 凹特 歐夫 ㄏㄧㄝ

● 你也可以這麼說 ●

★ 太離譜了！／少來了。

Get out!
給特 凹特

★ 太離譜了！／少來了（我不相信你）。

Give me a break.
寄 密 A 不來客

➠ 你好大膽！

How dare you!
好　得阿　優

➠ 教訓他一頓。

Give him the works.
寄　橫　勒　臥克斯

➠ 你作夢！／絕不可能！

Not on your life!
那　忘　幼兒　來夫

➠ 你惹毛我了！

You are getting on my nerves.
優　阿　給聽　忘　買　乃摩斯

➠ 他對我很兇。

He is so hard on me.
ㄏㄧㄥ 蒎　哈得　忘　密

➠ 你太過分了。

You went too far.
優　問特　兔　罰

Unit 10 鼓勵

▶ 好多了。

That was a lot better.
類 瓦雌 A 落的 杯特

▶ 對你來說是好方法。

It would be a good way for you.
一特 屋 逼 A 估的 位 佛 優

▶ 繼續。

Keep going.
機鋪 勾引

▶ 繼續。/好。

Go ahead.
購 耳黑的

▶ 高興點。

Cheer up.
起兒 阿鋪

▶ 你試試看吧！

You just need to try.
優 賈斯特 尼的 兔 端

▶ 再試一次。

Try again.
端 ㄟ乾

➠ 不錯的嘗試。

Good try.
估的 踹

➠ 做得好。

Good job.
估的 假伯

● 你也可以這麼說 ●

★ 做得好。

Well done.
威爾 檔

➠ 我們再試一次。

We will try it again.
屋依 我 踹一特 ㄟ乾

➠ 你做得非常的好。

You're doing a very good job.
優're 督引 A 肥瑞 估的 假伯

➠ 那太棒了，老兄。

That's great, man.
類次 鬼雷特 賣ㄝ

Unit 11 加油打氣

➡ 你可以辦得到的。

You will make it.
優　我　妹克　一特

● 你也可以這麼說 ●

★ 你可以辦得到。

You can do it.
優　肯　賭　一特

➡ 別緊張。

Take it easy.
坦克　一特　一日

➡ 不要拘束。

Make yourself at home.
妹克　幼兒塞兒夫　ㄟ　厚

➡ 好好享受。

Enjoy yourself.
因九引　幼兒塞兒夫

➡ 去吧，好好玩！

Go have fun.
購　黑夫　放

➠ 不要讓我失望。

Don't let me down.
動特 勒 密 黨

➠ 加油！

Go ahead.
購 耳黑的

➠ 你要盡力。

Do your best.
賭 幼兒 貝斯特

➠ 我們可以依賴你。

We can count on you.
屋依肯 考特 忘 優

➠ 我是和你同一陣線的。

I am with you.
愛 M 位斯 優

Unit 12 驚訝

➡ 我才不相信。

I don't believe it.

愛 動特 逼力福 一特

➡ 瞧！

Check it out!

切客 一特 凹特

➡ 這到是新鮮事！

Now that's news!

惱 類次 紐斯

➡ 太棒了！

Way to go!

位 兔 購

➡ 驚喜！

Surprise!

色鋪來斯

➡ 嘩！

Wow!

哇

➡ 天啊！

Christ!

苦李斯

➡ 天啊！

Gosh!

尬鬚

● 你也可以這麼說 ●

★ 天啊！

Oh, boy.

喔 伯乙

★ 天啊！

Man!

賣ㄝ

★ 喔，我的天啊！

Oh, my God.

喔 買 咖的

Unit 13 後悔

➡ 好可惜。

What a pity!
華特 A 批替

➡ 我搞砸了。

I messed up.
愛 密的 阿鋪

➡ 我應該知道了。

I should have known.
愛 秀得 黑夫 弄

➡ 我早就知道。

I knew it.
愛 紐 一特

➡ 我應該阻止他們。

I should stop them.
愛 秀得 司踏不 樂門

➡ 那是一個大錯誤。

That's a big mistake.
類次 A 逼個 密斯坦克

➡ 那件事我很後悔。

I regret it.
愛 瑞鬼特 一特

➠ 我後悔做那件事。

I regret doing that.
愛 瑞鬼特 督引 類

➠ 我毫無選擇。

I have no choice.
愛 黑夫 弄 丘以私

➠ 我希望我沒做那件事

I wish I hadn't done it.
愛 胃處 愛 黑等 檔 一特

➠ 我很遺憾。

I am so sorry.
愛 M 蒐 蒐瑞

➠ 我對所做的事感到抱歉。

I am so sorry for what I have done.
愛 M 蒐 蒐瑞 佛 華特 愛 黑夫 檔

Unit 14 關心

➡️ 你今天不太對勁。

You are not yourself today.
優 阿 那 幼兒塞兒夫 特得

➡️ 有任何問題嗎？

Are there any questions?
阿 淚兒 安尼 魁私去斯

➡️ 你現在覺得如何？

How do you feel now?
好 賭 優 非兒 惱

➡️ 你還在難過嗎？

Are you still upset?
阿 優 斯提歐 阿鋪塞特

➡️ 你還好吧？

Are you OK?
阿 優 OK

➡️ 你還好吧？

Are you all right?
阿 優 歐 軟特

➡️ 你看起來很沮喪。怎麼了？

You look upset. What's wrong?
優 路克 阿鋪塞特 華資 弄

➡ 嘿，怎麼了？

Hey, what's going on?

嘿 華資 勾引 忘

➡ 有什麼事困擾你嗎？

Is something bothering you?

一ㄘ 桑性 芭樂因 優

➡ 我真擔心你。

I really worry about you.

愛 瑞兒裡 窩瑞 せ保特 優

➡ 一切都會很順利的。

Everything will be all right.

愛複瑞性 我 逼 歐 軟特

➡ 你會熬過難關的。

You will get through it.

優 我 給特 輸入 一特

➡ 你為何不休息一下？

Why don't you take a break?

壞 動特 優 坦克 A 不來客

➡ 深呼吸一下。

Take a deep breath.

坦克 A 低波 不理詩

➡ 喔，別這樣。

Oh, come on.

喔 康 忘

生活英語萬用手冊

英語學習不再是紙上談兵！
背誦單字的同時，也能學習生活中最常用的短語對話，讓英語學習更生活化、更有效率！

跟莎士比亞一學就會的 1000 單字

透過莎士比亞的戲劇，無痛學會 1000 個好用的單字、片語和短語。
英語世界傳世的文學作品，除了探討人生與人性，更蘊含人文學和語言之美，無疑是學習英語的優良教材，適合每一個對英語有興趣的學習者。

抓住文法句型，翻譯寫作就通了

本書之編寫旨在針對英文中常見之文法句型做一簡明及重點式的介紹，不管是在校的學生們，抑或是職場上的社會人士，熟讀本書不僅可對重要的文法句型快速入門，如能對每一個文法句型所附上的文法及翻譯練習題加以實際的演練，對於翻譯及寫作將有紮實的幫助，同時也有助於對英文文章大架構及文意瞭解之增進。

生活單字萬用手冊

你一定不知道 do 這個單字多好用！
好用例句1 逛街 do the shopping
好用例句2 做家事 do the housework
好用例句3 熨燙衣服 do the ironing
好用例句4 清洗　do the washing
好用例句5 清潔 do the cleaning
好用例句6 洗碗 do the dishes
只會簡單的單字，也可以開口說英語！

單字急救包

您可以塞在袋裡，放在車上，或是擱在角落。
不管是等公車的通勤族，還是上廁所前培養情緒，
隨手抽出本書，就可以利用瑣碎的時間充實一下。
小小一本，大大好用！

台北 PAPAGO！跟老外介紹台北

結合熱門的台北旅遊地點，搭配實用的英文旅
遊會話，讓您在熟悉的情境中記憶並活用英文
旅遊短句與字彙，輕鬆用英文介紹台北的吃喝
玩樂。
一天 10 分鐘的時間，
學英文變得更輕鬆。

菜韓文單字速查手冊

本書專為韓語初學者設計，不需任何基礎，用中文也能說韓語。

不管是你想知道的，還是你想立即拿來溝通的，都能快速查詢得到你要找的單字

方便攜帶、快速查詢、立即拓展你的韓語單字庫！

砍殺哈妮達！用單字學韓語會話

看韓劇總是聽得懂，自己卻說不出來嗎？

精選韓國人平常最常用的疑問詞、代名詞、副詞、慣用語，以及韓語初學者最棘手的動詞、形容詞變化。配合語彙說明、實用例句、生動的對話內容，方便讀者輕鬆記憶、立即應用，想讓你的韓語講的正確、說得道地，學韓語你就缺這一本！

韓流來襲：你最想學的那些韓劇臺詞

我想學學韓劇裡常出現的臺詞，為什麼補習班老師都沒有教？

那句台詞不知道聽過多少遍了，就是不知道怎麼用、怎麼寫？

你是愛上韓劇才想學韓語的嗎？

那你絕對需要這一本，韓劇名言大全！

「腳麻了」怎麼說：你不能不學的日語常用句

一天會用到的日語，都在這本裡！
超過1500句生活實用會話，
幫助你日語溝通更上層樓，
從早上睜開眼到晚上就寢，
形容身體動作到發表內心感想。
想用日語說什麼，這裡全都告訴你！

原來如此：課本上沒有的日語單字

「ブサカワ」？　「ウケる」？
「イメチェン」？
日本人都在用，你還不知道？

精通日語，只靠課本還不夠！
課本裡學不到的日語單字。

超過1000個絕對能用到的超好用單字，
告訴你日本人生活中都在講什麼！

懶人日語單字：舉一反三的日語單字書

活用日語不詞窮，
瞬間充實日語單字力！
一次背齊用得到的日語單字，
背單字不再是「點」的記憶！
本書將同關的詞彙串成「線」觸類旁通，
讓腦中單字「面」更寬廣，
配合精選例句熟悉活用方法，
同時磨亮單字及會話兩樣溝通利器！

生活日語萬用手冊

～～日語學習更豐富多元～～
生活上常用的單字句子一應俱全，
用一本書讓日語學習的必備能力一次到位！

3個字搞定日語會話

專為初級學習者設計的日語會話書，
拋開文法觀念、不需硬背複雜句型，
透過基礎用語，排列組合就能暢所欲言，
依說話對象及情況選擇會話內容。
無論是旅遊或交友，
用簡單日語快速上手馬上溝通！

懶人日語學習法：超好用日語文法書

無痛學習！
輕鬆記憶基礎必備的日語文法句型，
文法不可怕！
從「用得到」的文法學起，
快速掌握基礎文法，
簡單入門馬上活用！
突破初級文法接軌中級日語。

菜英文・基礎實用篇

雅致風靡　典藏文化

親愛的顧客您好，感謝您購買這本書。即日起，填寫讀者回函卡寄回至本公司，我們每月將抽出一百名回函讀者，寄出精美禮物並享有生日當月購書優惠！想知道更多更即時的消息，歡迎加入"永續圖書粉絲團"您也可以選擇傳真、掃描或用本公司準備的免郵回函寄回，謝謝。

傳真電話：（02）8647-3660　　　電子信箱：yungjiuh@ms45.hinet.net

姓名：		性別：	□男　□女
出生日期：　年　月　日		電話：	
學歷：		職業：	
E-mail：			
地址：□□□			
從何處購買此書：		購買金額：　　　元	
購買本書動機：□封面 □書名 □排版 □內容 □作者 □偶然衝動			
你對本書的意見： 內容：□滿意□尚可□待改進　編輯：□滿意□尚可□待改進 封面：□滿意□尚可□待改進　定價：□滿意□尚可□待改進			
其他建議：			

總經銷：永續圖書有限公司

永續圖書線上購物網
www.foreverbooks.com.tw

您可以使用以下方式將回函寄回。

您的回覆，是我們進步的最大動力，謝謝。

① 使用本公司準備的免郵回函寄回。

② 傳真電話：（02）8647-3660

③ 掃描圖檔寄到電子信箱：

　yungjiuh@ms45.hinet.net

廣 告 回 信
基隆郵局登記證
基隆廣字第056號

 `22103`

雅典文化事業有限公司　收
新北市汐止區大同路三段194號9樓之1

雅致風靡　　典藏文化